RELATOS CÓMICOS

EDGAR ALLAN POE

Prólogo:

ISABEL GUILLÉN PARDO

EDIMAT LIBROS

Ediciones y Distribuciones Mateos

Calle Primavera, 35
Polígono Industrial El Malvar
28500 Arganda del Rey
MADRID - ESPAÑA

ISBN: 84-8403-414-3
Depósito legal: M-3484-1999

Autor: Edgar Allan Poe
Prólogo: Isabel Guillén Pardo
Diseño de cubierta: Juan Manuel Domínguez
Impreso en: BROSMAC

EDMCSelRC
Relatos cómicos

IMPRESO EN ESPAÑA- PRINTED IN SPAIN

EDGAR ALLAN POE
O LA PASIÓN DE LEER

Por Isabel Guillén Pardo

I

Se ha dicho que la vida de Poe parece extraída de uno de sus relatos. Nació en Boston el 19 de enero de 1809 —el mismo año que Abraham Lincoln—, en el seno de una familia de cómicos ambulantes. A los dos años pierde a su padre, tísico y alcoholizado, que deja a su esposa enferma del mismo mal la tarea de sacar adelante a sus tres hijos. Pronto morirá ésta también, iniciando nuestro autor en su temprana niñez una sobrecogedora familiaridad con la muerte.

Poe fue adoptado por un rico comerciante escocés de Richmond (Virginia), John Allan, cuya esposa no tenía hijos. Ésta y su hermana colman de afecto al huérfano, tolerando todos sus caprichos. Los negocios del matrimonio se ven amenazados por la guerra independentista norteamericana y por el bloqueo naval inglés. Los Allan se trasladan, pues, a Inglaterra —a Liverpool—, y Edgar cursa sus estudios en Escocia, en Londres y en Stoke Newington, donde durante cinco años aprende francés, latín, historia y literatura. Con todo, su experiencia inglesa se ve marcada principalmente por la influencia mágica de los viejos barrios, las casas antiguas, los húmedos sótanos y los tétricos corredores, que llevan al espíritu medroso y excitable del futuro escritor una extrema afición por lo macabro y lo misterioso.

Vuelve con la familia Allan a Estados Unidos, donde Poe completa su formación humanística y empieza a vivir una larga cadena de amores imposibles, frustrados y platónicos, que constituirán una tónica a lo largo de toda su existencia. Nuestro joven autor siente en su interior, no sin cierta complacencia morbosa, un desconcierto de tenebrosas fuerzas. «Desciendo de una raza eminentemente hipersensible y tan rica de ingenio como de pasión.» He aquí la frase clave que encontramos constantemente en sus relatos autobiográficos. El norteño huérfano de unos cómicos de la legua no logra aclimatarse ni responder a las expectativas de la rica familia aburguesada del sur.

Matriculado en la Universidad de Virginia, es expulsado por su afición a los juegos de azar, ante la repulsa de su padre adoptivo, de quien se separa orgullosamente a los dieciocho años de edad, cambiando el ambiente afectuoso y acomodado de la familia que le había tenido como hijo por una existencia sometida a los avatares del azar, un azar presidido por una predisposición heredada al alcohol que pesará sobre él como una inexorable condena.

Poe se traslada a Boston e invierte el poco dinero que le resta en la publicación de unos primeros escritos —*Tamerlán y otros poemas*— que pasan inadvertidos. Sirve en el ejército mientras redacta su poema *Al Aaraaf*, intentando acomodarse a la disciplina de la prestigiosa Academia Militar de West Point, de la que acaba siendo expulsado. Sediento de afecto familiar, se traslada a Washington a probar fortuna inútilmente, y luego a Baltimore, a casa de su tía paterna María Clemm —«el sol moral de la vida» de Edgar, según el decir de Baudelaire—, donde vivirá uno de los pocos períodos felices de su existencia, en relación con su hermano Henry, a la sazón oficial de Marina.

Su tía y su jovencísima primita colman el afán de cariño de nuestro autor, cuyas poesías comienzan a ver la luz pública y a recibir una buena acogida de la crítica. Su *Manuscrito encontrado en una botella* obtiene el premio de una revista, y, amparado por el crítico Kennedy, inicia una labor de redactor periodístico, truncada y fragmentada por su afición al juego y al alcohol.

Estamos en 1836, y Edgar se ha casado con su prima, casi una niña, la hija de su tía María Clemm, en un matrimonio que probablemente nunca se vio consumado. Su crónica melancolía deshace lo que podía haber sido una vida familiar emocionalmente estable y la regularidad de un trabajo fijo y bien remunerado. Es el momento, empero, en que nuestro autor da a conocer su única novela, *Las aventuras de Arthur Gordon Pym*, y su primer volumen de narraciones —*Relatos de lo grotesco y lo arabesco*—, aparecidas en una revista de Filadelfia, donde el escritor da muestras de su acusada personalidad en cuentos como *El hundimiento de la casa Usher*, *William Wilson* y *Morella*.

Nuevos problemas creados por su conducta desordenada, que esta vez se ven acrecentados por la grave enfermedad de su esposa —la tuberculosis vuelve a hacer acto de presencia en la vida de Poe—, y por muy serios apuros económicos. Edgar tiene el ambicioso y utópico proyecto de publicar una revista propia y original, pero se ha de contentar con colaborar en algunos periódicos neoyorkinos. En ellos aparecen relatos que, como *El escarabajo de oro* y

Los crímenes de la calle Morgue, constituirán el auténtico embrión de la moderna novela policíaco-detectivesca. En 1845 el «Evening Mirror» publica su breve poema *El Cuervo*, cuyo carácter tétrico, fatalista y morboso produce un indudable impacto en el público, abriéndole las puertas de la fama.

Poe inicia una caótica gira por Norteamérica recitando en todos los círculos cultos su exitoso poema mientras su esposa languidece en el campo, víctima de la tuberculosis. Trata de dirigir el «Broadway Journal», pero la miseria económica y su incapacidad congénita para llevar a cabo un trabajo sistemático y ordenado ponen fin a su empresa. Su siempre solícita tía acude en su ayuda y le convence para que se retire a Fordham con su esposa, donde la familia sobrevivirá prácticamente gracias a la caridad del vecindario. El poeta combate la monotonía y la frustración de su vida tratando de evadirse de la realidad mediante la relación con varias mujeres que le amaron y admiraron. Con todo, la muerte de su esposa fue para nuestro autor un golpe muy duro, que plasmó literariamente en *Ulalume*.

Aunque en los años siguientes continúa su labor de escritor, completando su poema filosófico *Eureka* y componiendo nuevas poesías, se entrega a una vida agitada de conferenciante bajo el impulso de una apasionada búsqueda de afecto femenino. Su heredada y enfermiza afición al alcohol, propia de un auténtico dipsomaníaco, frustra todos los intentos de lograr una relación estable con una mujer y de dar forma a un relato largo. Poe es ya el reconocido especialista en relatos cortos que, pese a sus reducidas proporciones, darán al conjunto de su obra la apariencia magnífica de un espléndido mosaico.

Desde aquí, la existencia de Poe se precipita en declive: sufre una crisis de *delirium tremens*, intenta suicidarse en dos ocasiones y su último período de estabilidad en el refugio campestre de su tía María se ve interrumpido una vez más por su temperamento inquieto. Años antes, defendiéndose de la acusación de ser un alcohólico, aficionado además al láudano, había escrito: «No encuentro precisamente ningún placer en los estimulantes a los que me entrego con frecuencia tan vehementemente. No es en verdad por amor al placer por lo que he expuesto a la ruina mi vida, mi reputación y mi razón.»

En un intento de encauzar definitivamente su situación afectiva y económica, proyecta contraer matrimonio con Elmira Royster, su primer gran amor, convertida ahora en una viuda tan acaudalada como crédula. Viaja hacia Nueva York para tratar de implicar a su tía en este nuevo proyecto, pero el alcohol y el láudano, que han dejado en él una huella de muerte, le obligan a detenerse en Baltimore.

A la luz pálida de la madrugada, su cuerpo moribundo es hallado en medio de una calle; no lleva documentación ni dinero. Conducido urgentemente al Washington Hospital, muere, víctima tal vez de un colapso circulatorio o de una complicación pulmonar, el 7 de octubre de 1849. Contaba sólo treinta y siete años de edad, y, como señalara Baudelaire en su breve biografía, «su muerte fue casi un suicidio, un suicidio preparado desde hacía mucho tiempo».

II

Suele interpretarse la producción literaria de Poe desde la clave de su propia vida. Si sus ansias de amor y de autodestrucción penetran en sus movimientos y configuran su existencia, no es de extrañar que se consideren sus escritos como el fruto de una fantasía alucinada, traumatizada por sus experiencias infantiles. La vida y la obra de Poe, en suma, aparecen como una presa fácil para que sobre ellas caiga la interpretación «científica» del psicoanalista de turno. ¿Acaso su búsqueda compulsiva de una madre tan tempranamente perdida y sus amores incestuosos con su prima hermana, adolescente aún, no eran una confirmación arquetípica de los impulsos básicos del hombre desvelados por Freud? ¿Hemos de sorprendernos de que María Bonaparte, discípula predilecta del fundador del movimiento psicoanalítico, viera la vida de Poe enteramente condicionada por impulsos sádicos, necrofílicos, por un complejo de Edipo nunca liquidado, ya que en todas las mujeres amadas el escritor había buscado las imágenes de su madre inmovilizada por su temprana muerte?

Lo cierto es que, en cualquier caso, tales interpretaciones no hacen justicia a un importante aspecto de la obra de Poe: su lucidez casi académica, una lucidez que le lleva, pese a las singularidades de su estilo y de sus temas, a buscar el máximo efecto sobre el lector, dosificando la narración con tal maestría que consigue mantener la atención constantemente viva. ¿Dónde dejar la pulida y arquitectónica construcción de sus relatos, ese esmero suyo que en ocasiones le hace parecer excesivamente literario e incluso erudito?

No quiero decir con ello que el encanto de Poe sea sólo aparente, y que tras él se esconda un alma cuadriculada, en abierta oposición a las usuales interpretaciones que se hacen de su vida y de su obra. Mi interés, por el contrario, es llevar al ánimo del lector una visión más totalizadora y realista de Poe, reducido muchas veces al estereotipo fácil de un autor alcoholizado que plasma genialmente en sus fantásticos relatos los fantasmas de su cerebro dañado. Bien es cierto que Poe presta su voz a los monstruos de una fantasía alucinada, pero una visión completa de su obra nos hace ver el cuadro de un hombre de carne y hueso, desgarrado entre el deseo de supervivencia y el instinto inconfesable de autodestruirse, entre inteligencia y sentimiento, entre el ansia de vivir plenamente y la sed de conocerlo todo.

Rescatar a Poe de su usual presentación como un autor «maldito» constituye una labor de crítica literaria requerida pero que escapa a los reducidos límites de este prólogo. Sólo desde esta perspectiva no sesgada es comprensible la pasión generalizada de leer a Poe que se despierta en cualquier persona con aficiones literarias que se acerque a uno solo de sus breves relatos. Verlaine y Baudelaire (quien por cierto señaló que Poe le había enseñado a razonar) tienen sus incondicionales y sus adeptos, pero su talento no se ve acompañado por esa magia irresistible y universalmente captada que Edgar sabe transmitir a cuanto escribe. Y es que, como ha hecho ver Savater, «quien no haya leído *El gato negro*, *El pozo y el péndulo*, *El extraño caso del señor Valdemar*, *Las aventuras de Arthur Gordon Pym* o *El escarabajo de oro*, aún no sabe hasta qué punto leer puede ser una operación arriesgada y gozosa».

Charles Baudelaire, auténtico autor «maldito», supo ver como nadie el aspecto sombrío y excepcional de Poe, cuyas obras tradujo a un perfecto francés. He aquí su confesión: «Ningún hombre, lo repito, ha narrado con más magia que Poe las *excepciones* de la vida humana y de la naturaleza; la alucinación, dejando al principio lugar a la duda, bien pronto convencida y razonadora como un libro; el absurdo instalándose en la inteligencia y gobernándola con una espantable lógica; la historia, usurpando el sitio de la voluntad; la contradicción establecida entre los nervios y el espíritu, y el hombre desacordado hasta el punto de expresar el dolor por la risa.»

Maestro, como se ha dicho, de la narración, Poe es, ante todo y por voluntad propia, un poeta. Las necesidades económicas que le llevaron a lo largo de su vida a tener que escribir relatos publicables por revistas y diarios de larga tirada frustraron tal vez una creación poética más dilatada. No obstante, sería un error separar las tres actividades artísticas de Poe: la poesía, la narración y la crítica. Alguien ha señalado acertadamente que su obra es «un continuo y recíproco trasvase de temas, situaciones y apuntes de la poesía a la narrativa, y de la narrativa a la crítica y una vez más a la poesía, lo que convierte su producción, aparentemente fragmentaria y discontinua, en un solo "monumento" artístico».

III

El conjunto de escritos que hoy presentamos responde a la división de la producción literaria de Poe, establecida en la edición póstuma publicada por la Buckner Library, donde se distinguía entre «poemas» y «narraciones», y dentro de estas últimas, entre «relatos fantásticos» —tal vez los más conocidos—, «relatos cómicos» y «relatos varios».

Estos *Relatos cómicos* constituyen una faceta totalmente desconocida de Edgar Allan Poe, y su lectura resulta imprescindible para lograr esa visión unitaria y no sesgada de la personalidad y de la producción literaria de nuestro autor. En ellos, aun haciendo uso de su general perfección estilística, logra con los mismos medios [de] comicidad en vez del terror. Su carácter grotesco y satírico no puede, empero, hacernos olvidar que representan un gran retrato de diversos estamentos de la sociedad norteamericana del pasado siglo.

Poe escribió estos *Relatos cómicos* entre 1837 y 1845, publicándolos periódicamente con notable éxito en distintos diarios y revistas norteamericanos. Es de decir que los ocho relatos que incluimos en esta edición constituyen una selección de los que pueden ser encuadrados en este rótulo bajo el signo de una singular comicidad. Otros títulos no incluidos aquí serían: *Mixtificación*, *Arquitectura de un artículo*, *Mellonta Tauta*, *Von Kempelen y su descubrimiento*, *Los mil y dos cuentos de Scherezade*, *Vida literaria de Thingum Bob*, *Cuatro diálogos con una momia*, *Los ojos o el amor a primera vista*, *La estafa considerada como una de las ciencias exactas*, *La semana de los tres domingos*, *Por qué el francés lleva el brazo al cuello*, *Una historia de Jerusalén*, *El duque del Omelette*, *El diablo en el campanario*, etc. En todos estos relatos breves Poe hace alarde de un agudo ingenio crítico para con la sociedad en que vive, y principalmente para con la forma de vida del hombre de negocios americano, dando muestras de un humor, eso sí, un tanto macabro. Los nuevos inventos técnicos y las recientes terapias psicológicas son puestas en solfa por un espíritu radicalmente conservador. *No apostar la cabeza con el diablo*, por ejemplo, es una crítica de la manía de sus compatriotas por las apuestas, cuyo desenlace revela el gusto de Poe por lo macabro.

Los relatos cómicos de Poe que presentamos en esta edición se inician con *El sistema del doctor Brea y el profesor Pluma*; en él se describe un manicomio en el que se han invertido los papeles: los enfermos hacen de médicos y éstos de pacientes, con la consiguiente confusión y sorpresa de un visitante del centro a quien su antiguo director —y ahora internado— explica las técnicas psicoterapéuticas más singulares.

Como un león es una rápida crítica a una sociedad de especialistas y constituye una excelente muestra de lo que décadas después será el teatro del absurdo, no sólo por el predominio de los diálogos sobre la narración, sino por el tipo de humor que rezuma. El resto de los relatos incluye un variopinto desfile de personajes estrambóticos y singulares, colocados en situaciones paradójicas que harán las delicias del lector en castellano, pese a su indudable carácter genuinamente anglosajón.

Relatos cómicos

EL SISTEMA DEL DOCTOR BREA Y EL PROFESOR PLUMA

En el otoño de 18..., en el transcurso de una gira por las provincias del extremo sur de Francia, mi ruta me llevó hasta pocas millas de distancia de una cierta *Maison de Santé*, o manicomio privado, acerca del cual había oído hablar mucho en París a mis amigos médicos. Dado que nunca había visitado un lugar semejante, consideré que aquella oportunidad era demasiado preciosa como para dejarla escapar, y propuse, por lo tanto, a mi compañero de viaje (un caballero con el que había trabado amistad casualmente unos días antes) que nos desviáramos de nuestro camino, durante una hora o así, para echar un vistazo al establecimiento. Él se opuso a esto, argumentando prisa, en primer lugar, y como segundo motivo, un horror muy normal a ver a un lunático. Me rogó, no obstante, que no dejara que la cortesía me impidiera satisfacer mi curiosidad, diciendo que él seguiría su camino tranquilamente para que yo pudiera alcanzarle aquel mismo día o, en el peor de los casos, el día siguiente. Mientras nos despedíamos se me ocurrió pensar que tal vez pudiera haber algunas dificultades para obtener acceso al lugar, y mencioné mi preocupación acerca de ello. Él replicó que, de hecho, a menos que conociera personalmente al superintendente, monsieur Maillard, o tuviera en mi poder alguna credencial, como por ejemplo una carta, podría, en efecto, encontrarme con algunas dificultades, ya que las reglas de aquellas casas de locos privadas eran mucho más estrictas que las de los hospitales públicos. Por su parte, añadió, conocía de pasada a Maillard desde hacía algunos años, y estaba dispuesto a ayudarme hasta el punto de acompañarme hasta la puerta y presentármelo, aunque su opinión acerca del asunto no le permitiera entrar dentro de la casa.

Le di las gracias, y saliendo de la carretera principal nos adentramos por un camino lateral cubierto de hierbajos que, al cabo de media hora de viaje, se perdía prácticamente en una densa floresta que cubría la base de una montaña. Habíamos cabalgado a través de aquel oscuro y húmedo bosque durante un par de millas cuando apareció ante nuestra vista la *Maison de Santé*. Era un *château* fantástico, muy deslavazado y, de hecho, escasamente habitable a causa de su antigüedad y de la falta de cuidados. Su aspecto me produjo verdadero horror, y deteniendo mi caballo estuve a punto de volverme atrás. No obstante, pronto me avergoncé de mi debilidad y seguí adelante.

Mientras cabalgábamos hacia la entrada me di cuenta de que estaba medio abierta, y vi la cara de un hombre mirándonos desde la misma. Un instante después, el hombre se adelantó, se dirigió a mi compañero llamándole por su nombre, le estrechó cordialmente la mano y me rogó que descendiera del caballo. Era el mismísimo monsieur Maillard. Un caballero corpulento, de magnífico aspecto, de la vieja escuela, pulido comportamiento y un cierto aire de gravedad, dignidad y autoridad que resultaban muy imponentes.

Mi amigo, una vez que me hubo presentado, mencionó mi deseo de inspeccionar el lugar, y recibió toda clase de seguridades de que el mismo monsieur Maillard me atendería. Se despidió de nosotros y no volví a verle.

Cuando se hubo ido, el superintendente me hizo pasar a una pequeña salita, extraordinariamente pulcra, que contenía, entre otras pruebas de un gusto refinado, numerosos libros, dibujos, jarrones de flores e instrumentos musicales. Un alegre fuego ardía en la chimenea. Sentada al piano, cantando un aria de Bellini, había una joven y bellísima mujer que, al entrar yo, hizo una pausa en su canto, recibiéndome con graciosa cortesía. Hablaba en voz baja y toda su actitud era sumisa. Me pareció también detectar señales de dolor en su semblante, que era extraordinariamente pálido, aunque para mi gusto no desagradable. Iba de luto riguroso, y produjo en mi pecho sensaciones entremezcladas de respeto, interés y admiración.

Había oído decir en París que la institución de monsieur Maillard funcionaba con un sistema conocido vulgarmente como el «sistema de apaciguamiento»; que se rehuían todos los castigos; que incluso pocas veces se recurría a la reclusión; que los pacientes, aunque vigilados en secreto, disfrutaban aparentemente de amplia libertad, y que, en su mayor parte, tenían derecho a vagar por la casa y sus terrenos con la indumentaria de un individuo en su sano juicio.

Conservando estas impresiones en mi cerebro, tuve gran cuidado con lo que decía ante la joven dama, ya que no podía estar seguro de que estuviera cuerda, y, de hecho, existía una especie de brillo inquieto en sus ojos que estuvo a punto de hacerme pensar que no lo estaba. Limité, por lo tanto, mis comentarios a tópicos vulgares y, de entre éstos, a aquellos que, en mi opinión, no resultaran desagradables o excitantes para un lunático. Ella replicó de forma perfectamente racional a todo lo que yo dije, e incluso sus observaciones llevaban la impronta del mayor sentido común. Pero mi amplio contacto con la metafísica de la *manía* me había enseñado a no fiarme de tales muestras de cordura, y seguí aplicando, a todo lo largo de la entrevista, la misma prudencia con la que la había comenzado.

Al cabo de un rato, un elegante lacayo con librea nos trajo una bandeja en la que había frutas, vino y otros refrescos, a los cuales hice honor, mientras que la joven dama abandonaba poco después el cuarto. Mientras se iba le dirigí una mirada interrogante a mi anfitrión.

—No —dijo—, ¡oh, no!; es un miembro de mi familia, mi sobrina, y es una mujer de lo más preparada.

—Le presento un millón de excusas por mis sospechas —repliqué yo—, pero por supuesto usted sabrá excusarme. La excelente administración con que lleva usted sus asuntos es bien conocida en París y pensé que era remotamente posible que..., usted me comprende...

—Claro, claro. No me diga usted más, o tal vez sea yo el que debiera agradecerle la encomiable prudencia que ha demostrado. Muy rara vez tenemos ocasión de disfrutar de una consideración como la suya entre los hombres jóvenes, y en más de una ocasión ha ocurrido algún lamentable contratiempo a causa de la falta de cuidado de nuestros visitantes. Mientras estaba aún en funciones mi anterior sistema, y los pacientes eran libres de vagar por donde quisieran, era frecuente que se vieran excitados hasta un peligroso estado de frenesí por personas carentes de juicio que venían a inspeccionar la casa. Por lo tanto me vi obligado a implantar un rígido sistema de exclusividad y así nadie puede obtener acceso a la casa sin que yo esté seguro de poder confiar en su discreción.

—¡Mientras estaba aún en funciones su *anterior* sistema! —dije, repitiendo sus palabras—. ¿Debo entender entonces que el «sistema de apaciguamiento», del que tanto he oído hablar, ha sido ya abandonado?

—Así es —replicó él—. Hace ya varias semanas que llegamos a la decisión de abandonarlo para siempre.

—¿Ah, sí? ¡Me deja usted asombrado!

—Descubrimos, señor —dijo suspirando—, que era absolutamente necesario volver a las antiguas usanzas. El *peligro* que planteaba el sistema de apaciguamiento fue siempre aterrador, y sus ventajas han sido excesivamente sobrevaloradas. En mi opinión, señor, en esta casa ha sido sometido el sistema a una prueba justa, si es que alguna vez lo fue. Hicimos todo lo que un humanismo racional podía sugerir. Lamento que no haya podido usted hacernos una visita en la etapa anterior para que hubiera podido usted juzgar por sí mismo. Pero supongo que debe usted estar familiarizado con la práctica del apaciguamiento... con sus detalles.

—No del todo. Todo lo que he oído ha sido de tercera o cuarta mano.

—Podría entonces definir el sistema en términos generales como un sistema en el que los pacientes estaban *ménagés*, o sea, se les seguía la corriente. Nosotros no contradecíamos ninguna de las fantasías que se les pasaran por la imaginación a los locos. Por el contrario, no solamente las tolerábamos, sino que las favorecíamos, y muchas de nuestras curaciones más espectaculares las hemos logrado así. No hay ningún argumento que afecte tanto a la débil razón del loco como la del *reductio ad absurdum*. Hemos tenido hombres, por ejemplo, que creían ser gallinas. La cura consistía en considerar aquello como un hecho, en acusar al paciente de ser un estúpido por no considerarlo como un hecho lo suficientemente serio, y así, le negábamos durante una semana todo alimento que no fuera el propio de una gallina. Por este procedimiento se conseguía que un poco de grano y cascajo realizaran maravillas.

—¿Y eso era todo?

—En absoluto. Nosotros teníamos mucha fe en los entretenimientos de tipo sencillo, como la música, los ejercicios gimnásticos en general, las cartas, ciertas clases de libros y así sucesivamente. Fingíamos tratar a cada individuo como si tuviera alguna enfermedad física normal, y la palabra «locura» no se empleaba jamás. Un factor de gran importancia fue el hacer que cada lunático vigilara los actos de todos los demás. El demostrar confianza en la comprensión o la discreción de un loco es ganársela en cuerpo y alma. Por este procedimiento pudimos prescindir de un oneroso cuerpo de guardianes.

—¿Y no practicaban ustedes ningún tipo de castigo?

—Ninguno.

—¿Y nunca confinaban ustedes a sus pacientes?

—Muy rara vez. De tarde en tarde, cuando la enfermedad de algún individuo se traducía en una crisis, o le producía algún acceso furioso, le colocábamos en una celda secreta, para evitar que su afección pudiera contagiar al resto, y le manteníamos allí hasta que podíamos despedirle de sus amigos, ya que nosotros no tenemos nada que hacer con un loco peligroso. Normalmente, se le trasladaba a un hospital público.

—Y ahora han prescindido de todo esto... ¿y cree usted que es para bien?

—Definitivamente. El sistema tiene sus ventajas, e incluso sus peligros. Afortunadamente ha sido ya abandonado en todas las *Maisons de Santé* de Francia.

—Estoy muy sorprendido —dije— por lo que me cuenta; porque me habían asegurado que no existía en este momento ningún otro método para el tratamiento de la manía en todo el país.

—Es usted muy joven aún, amigo mío —replicó mi anfitrión—, pero llegará el día en que aprenderá a juzgar por sí mismo lo que ocurre en el mundo, sin tener que confiar en los chismorreos de los demás. No crea usted nada de lo que oiga, y sólo la mitad de lo que vea. Ahora bien, en cuanto a nuestras *Maisons de Santé*, es evidente que ha sido usted confundido por algún ignorante. No obstante, después de la cena, cuando esté usted suficientemente recuperado de la fatiga de su viaje, le acompañaré con mucho gusto a recorrer toda la casa, y le familiarizaré con un sistema que, en mi opinión, y en la de todos aquellos que han sido testigos de su forma de operación, es sin comparación el más eficaz de todos cuantos se han ensayado hasta hoy.

—¿Su propio sistema? —pregunté—. ¿Uno de su propia invención?

—Me siento orgulloso de poder decir que así es —replicó—, al menos en cierta medida.

De esta manera estuve conversando con monsieur Maillard durante una hora o dos, en las cuales me mostró los jardines y los invernaderos del lugar.

—No puedo dejarle ver a mis pacientes —me dijo— en este momento. Para una mente sensible, siempre hay algo de desagradable en este tipo de espectáculos, y no quiero estropear su apetito antes de la cena. Cenaremos. Le puedo ofrecer ternera *à la St Menehoult*, con coliflor en salsa *velouté*, y después un vaso de *Clos de Vougeôt*. Después de eso, sus nervios estarán mucho más firmes que ahora.

A las seis nos anunciaron que la cena estaba servida, y mi anfitrión me condujo a una gran *Salle à manger*, donde estaba reunida una numerosa concurrencia, unas veinticinco o treinta personas en total. Eran aparentemente personas de alto rango, desde luego de elevada cuna, aunque sus atuendos, pensé, eran extravagantemente ostentosos, participando quizá en demasía del *ville cour*. Me fijé en que al menos dos tercios de los invitados eran damas, y algunas de éstas iban ataviadas de una forma que ningún parisiense consideraría de buen gusto hoy en día. Muchas mujeres, por ejemplo, cuya edad no podía ser inferior a los setenta años, iban cubiertas con gran profusión de joyas, como anillos, brazaletes y pendientes, y exhibían pechos y brazos vergonzosamente desnudos. Observé también que muy pocos trajes estaban bien hechos, o al menos que muy pocos de ellos sentaban bien a los que los llevaban puestos. Mirando alrededor descubrí a aquella interesante muchacha que monsieur Maillard me había presentado en la salita, y cuál no sería mi sorpresa al ver que llevaba un miriñaque y un guardainfante, junto con unos zapatos de tacón alto y una capa sucia de bordado de Bruselas, que le estaba tan grande, que hacía a su cara ridículamente diminuta. Cuando la vi por vez primera iba vestida muy atractivamente de luto riguroso. En pocas palabras, había algo de extraño en los atuendos de todos los reunidos, que al principio me hizo volver a mi idea original del «sistema de apaciguamiento» y a imaginarme que monsieur Maillard había decidido mantenerme engañado hasta después de la cena para que no experimentara sensaciones desagradables durante ésta, al encontrarme cenando con lunáticos, pero yo recordaba haber sido informado en París que los provincianos del sur eran gente particularmente excéntrica, con gran cantidad de ideas anticuadas, y también, al conversar con algunos de los reunidos, mi aprensión desapareció por completo y al instante.

El mismo comedor, aunque tal vez fuera lo suficientemente confortable y tuviera las dimensiones adecuadas, no tenía gran cosa de elegante. Por ejemplo, el suelo carecía de alfombra. No obstante, en Francia es muy frecuente prescindir de ellas. También las ventanas carecían de cortinas; las contraventanas, que estaban cerradas, estaban aseguradas por medio de barras de hierro, dispuestas diagonalmente, a la manera de los cierres de nuestras tiendas. El salón, como pude observar, formaba por sí mismo un ala del *château*, de modo que las ventanas cubrían tres lados del paralelogramo, estando situada la puerta en el cuarto lado. No había menos de un total de diez ventanas.

La mesa estaba soberbiamente servida: repleta de platos de plata labrada, y más que repleta de exquisitas viandas. La profusión de éstas era absolutamente bárbara. Había carnes suficientes como para haber agasajado al Anakim. Jamás en mi vida había tenido yo ocasión de presenciar un despilfarro tan profuso de las cosas buenas de la vida. No obstante, la disposición de éstas parecía revelar una carencia de buen gusto, y mis ojos, habituados a las luces discretas, se vieron tristemente ofendidos por la prodigiosa luminosidad de una multitud de velas de ceras, que dispuestas en candelabros de plata, estaban colocadas sobre la mesa, y alrededor de toda la habitación, en todo sitio donde era posible encontrar un lugar para las mismas. Había varios sirvientes activos encargados del servicio, y sobre otra gran mesa, situada al extremo opuesto de la habitación, estaban sentadas siete u ocho personas provistas de violines, pífanos, trombones y un tambor. Estos individuos consiguieron molestarme mucho en determinados instantes durante la comida, haciendo una infinita variedad de ruidos, que se suponía que eran música, y que parecían suministrar gran entretenimiento a todos los presentes, con la sola excepción de mi persona.

En términos generales, no pude evitar el pensar que había mucho de *bizarre* en todo lo que veía, pero después de todo, en el mundo tiene que haber de todo, todo tipo de personas, con todo tipo de formas de pensar, y todo tipo de convenciones sociales. Por otra parte, yo había viajado ya tanto, que era todo un adepto al *nil admirari*; de modo que tomé asiento con gran ecuanimidad al lado de mi anfitrión, y teniendo como tenía un gran apetito, hice justicia a las delicias que colocaron ante mí.

La conversación entre tanto era animada y general. Las damas, como de costumbre, hablaban mucho. Pronto descubrí que prácticamente todos los presentes eran gente de educación, y mi anfitrión era por sí mismo todo un mundo de humorísticas anécdotas. Parecía estar perfectamente dispuesto a hablar de su posición como superintendente de una *Maison de Santé*, y, de hecho, el tema de la locura era, muy para mi sorpresa, uno de los favoritos de todos los presentes. Se contó un gran número de divertidas historias, que hacían referencia a los caprichos de los pacientes.

—Tuvimos aquí una vez a un individuo —dijo un grueso caballero que estaba sentado a mi derecha—, un individuo que creía ser una tetera, y dicho sea de paso, ¿no les resulta singular el ver la frecuencia con la que esta idea se apodera de la mente de los lunáticos? No existe prácticamente en toda Francia un manicomio que no albergue alguna tetera humana. Nuestro caballero era una tetera de porcelana de Bretaña, y ponía grandes cuidados en pulirse cada mañana con una gamuza y pulimentador.

—Y después —dijo un hombre alto, que estaba justo enfrente—, tuvimos aquí, no hace mucho, a una persona que se le había metido en la cabeza que era un borrico, lo que, hablando alegóricamente dirán ustedes, era bastante cierto. Era un paciente molesto, y nos dio mucho trabajo mantenerle controlado. Durante un buen tiempo se negó a comer nada que no fueran cardos, pero de esta idea conseguimos curarle pronto, insistiendo en que no comiera ninguna otra cosa. Después se dedicaba continuamente a dar coces, así..., así...

—¡Señor De Kock! ¡Le agradecería que se comportara usted como es debido! —le interrumpió una vieja dama, que estaba sentada junto al que hablaba—. ¡Haga el favor de dejar los pies quietos! ¡Ha estropedo usted mi brocado! ¿Es que acaso le parece necesario ilustrar sus comentarios de una forma tan práctica? Nuestro amigo aquí presente puede, sin duda, comprenderle sin necesidad de que haga usted todo eso. Palabra de honor que es usted casi igual de borrico que lo que aquel pobre desgraciado creía ser. ¡Lo hace usted con mucha naturalidad, por mi vida!

—*¡Mille pardons, Ma'm'selle!* —respondió monsieur De Kock, a quien iba dirigido todo esto— ¡Mil perdones! No tenía ninguna intención de ofenderla, ma'm'selle Laplace. Monsieur De Kock se permitirá el honor de tomar vino con usted.

Dicho esto, monsieur De Kock hizo una profunda reverencia, besó su mano muy ceremoniosamente y tomó vino con ma'm'selle Laplace.

—Permítame, *mon ami* —dijo entonces monsieur Maillard, dirigiéndose a mí—, permítame que le ofrezca una porción de esta ternera *à la St Menehoult*, la encontrará particularmente exquisita.

En ese instante, tres robustos camareros habían conseguido depositar sin contratiempos una enorme fuente o trinchador, conteniendo lo que supuse que sería el «*monstrum, horrendum, informe, ingens, cui lumen adeptum*». Un escrutinio más detallado me reveló, no obstante, que no era más que una pequeña ternera asada entera, colocada de rodillas, con una manzana en la boca, del mismo modo en que los ingleses adornan la liebre.

—No, muchas gracias —repliqué—; si he de serle sincero, no soy particularmente aficionado a la ternera *à la St*... ¿cómo era?... Ya que me temo que no me sienta del todo bien. No obstante, sí que aceptaría probar un poco de conejo.

Había diversos platos complementarios dispuestos sobre la mesa, que contenían lo que parecía ser conejo común francés, un muy delicioso *morceau*, que puedo recomendarles.

—Pierre —gritó mi anfitrión—, cambia el plato a este caballero y dale una pieza de costado de este conejo *au-chat*.

—¿De este qué? —dije yo.

—De este conejo *au-chat*.

—Oh, muchas gracias, pero, pensándolo bien, déjelo. Me serviré yo mismo un poco de jamón.

—No hay forma de saber lo que uno come, me dije a mí mismo, en las mesas de esta gente de provincias. No pienso probar su conejo *au-chat*, y ya que estamos en ello, tampoco su *gato-au-conejo*.

—Y después —dijo un personaje de aspecto cadavérico, que estaba casi al final de la mesa, recogiendo el hilo de la conversación donde ésta había sido interrumpida—, y después, entre otras rarezas, tuvimos un paciente una vez, que con gran tozudez insistía en que era un queso de Córdoba, y se dedicaba a pasearse con un cuchillo en la mano, pidiendo a sus amigos que probaran un trozo de su muslo.

—Era un gran tonto, sin duda alguna —le interrumpió alguien—, pero no se le puede comparar con cierto individuo, al que todos conocemos, excepto este caballero de fuera. Me refiero a aquel hombre que creía ser una botella de champaña, y que siempre estaba haciendo estampidos e imitando el ruido de las burbujas de la siguiente manera.

Al llegar aquí, el que hablaba, haciendo, en mi opinión, una exhibición de mal gusto, se metió el pulgar derecho en la mejilla izquierda, sacándolo con un ruido semejante al del tapón de una botella, y después, con un hábil movimiento de la lengua sobre los dientes produjo un agudo silbido y un borboteo que duraron varios minutos, imitando el ruido producido por la espuma del champaña. Este comportamiento, según pude apreciar claramente, no fue del agrado de monsieur Maillard, pero este caballero no dijo nada, y la conversación se vio reanudada por un hombre pequeño y muy delgado, que lucía una gran peluca.

—Y después tuvimos a un ignorante —dijo—, que se confundía a sí mismo con una rana, lo que, dicho sea de paso, parecía, y no poco. Me gustaría que hubiera podido usted verle, señor —dijo dirigiéndose a mí el que estaba hablando—; le hubiera hecho a usted mucho bien el ver el aire de naturalidad que tenía. Señor, si aquel hombre *no* era una rana, no puedo por menos que observar que es una pena que no lo fuera. Su manera de croar así «¡o-o-o-gh!, ¡o-o-o-gh!» era el sonido más magnífico del mundo natural, y cuando ponía los codos sobre la mesa de esta forma, después de haber tomado uno o dos vasos de vino, y distendía su boca, así, y ponía los ojos en blanco, de esta manera, y los hacía parpadear con asombrosa rapidez, así, entonces, señor, me atrevo a asegurar que hubiera usted enloquecido de admiración ante el genio de aquel hombre.

—No me cabe la menor duda —dije.

—Y también —dijo alguien—, estaba el Petit Gaillard, que creía ser un pellizco de rapé, y que estaba realmente preocupado porque no podía cogerse entre el índice y el pulgar.

—También estaba Jules Desoulieres, que era un genio muy singular, y que se volvió loco pensando que era una calabaza. Se dedicaba a perseguir al cocinero pidiéndole que hiciera una tarta con él, a lo que el cocinero se negaba indignado. Por lo que a mí respecta, no me atrevería a decir que una tarta de calabaza *à la Desoulières* no hubiera resultado un plato realmente capital.

—¡Me asombra usted! —dije, y miré inquisitivamente hacia monsieur Maillard.

—¡Ha! ¡Ha! ¡Ha! —dijo aquel caballero—. ¡He! ¡He! ¡He!... ¡Hi! ¡Hi! ¡Hi!... ¡Ho! ¡Ho! ¡Ho!... ¡Hu! ¡Hu! ¡Hu!... ¡Muy bueno, sí señor! No debe usted asombrarse, *mon ami*; aquí nuestro amigo es un chistoso —*a drôle*—, no debe usted tomarle al pie de la letra.

—Y también —dijo alguna otra persona de las reunidas—, también estaba Bouffon Le Grand, otro personaje extraordinario a su manera. Perdió la cabeza a causa del amor, y creía que estaba en posesión de dos cabezas. Una de éstas, él mantenía que era la cabeza de Cicerón; la otra, la consideraba una cabeza compuesta, siendo de Demóstenes desde la frente hasta la boca, y de lord Brougham desde la boca hasta la barbilla. No es del todo imposible que estuviera equivocado, pero hubiera sido capaz de convencer a cualquiera de que estaba en lo cierto, ya que era un hombre de gran elocuencia. Era un verdadero apasionado por la retórica, y era incapaz de no exhibirse. Por ejemplo, solía saltar sobre la mesa del comedor de esta forma, y... y...

En ese momento, un amigo, sentado junto al que estaba hablando, le puso la mano sobre el hombro y le susurró unas cuantas palabras al oído; después de lo cual el orador dejó de hablar de repente, hundiéndose de nuevo en su silla.

—Y después —dijo el hombre que le había hablado al oído—, estaba Boullard, la perinola. Le llamo la perinola porque tenía la extraña, aunque no del todo irracional, idea de que se había convertido en una pirindola. Se hubiera usted muerto de risa si le hubiera visto dar vueltas. Se dedicaba a dar vueltas durante horas sobre un talón, de esta forma... así...

En aquel momento, el amigo al que acababa de interrumpir hizo exactamente lo mismo con él.

—Pues entonces —aulló una anciana dama con todas sus fuerzas—, su monsieur Boullard era un loco, y, en el mejor de los casos, un loco muy tonto, porque, ¿quién, si me permiten la pregunta, ha oído hablar alguna vez de una pirindola humana? Es algo absurdo. Madame Joyeuse era una persona más sensata, como ya saben. Tenía una manía, pero estaba repleta de sentido común, y era un placer conocerla para todos los que habían tenido aquel honor. Descubrió, como producto de maduras deliberaciones, que, por algún extraño accidente, se había convertido en un gallo de cocina, pero como tal, se comportaba con la mayor propiedad. Agitaba sus alas, produciendo un efecto prodigioso, así... así... así..., y en cuanto a su canto, ¡era algo delicioso ! «¡Cock-a-doodle-doo... cock-a-doodle-doo... cock-a-doodle-dedoo-doo-dooo-do-o-o-o-o-o!».

—¡Madame Joyeuse, le agradeceré que se comporte como es debido! —la interrumpió nuestro anfitrión, muy enfadado—. O se comporta usted como debe hacerlo una dama, o puede usted abandonar la mesa en este mismo instante, ¡elija usted misma!

La dama (a la que me sorprendió mucho oír llamar madame Joyeuse, después de la descripción que de ésta acababa de hacer) enrojeció hasta las cejas y pareció extraordinariamente avergonzada por la regañina. Agachó la cabeza y no articuló ni una sílaba en respuesta. Pero otra dama más joven recogió el tema. Era mi preciosa muchacha de la salita.

—¡Oh, Madame Joyeuse *era* tonta! —exclamó—. Pero, en cambio, la idea de Eugenia Salsafette tenía una buena dosis de sentido común. Ella era una bellísima y dolorosamente modesta joven dama, que consideraba las vestimentas normales indecentes, y siempre deseó vestirse poniéndose ella al exterior de sus ropas, en lugar de meterse dentro de ellas. Esto es algo muy fácil de hacer, después de todo. No hay más que hacer esto... y luego, esto otro... y esto... esto... esto... y luego, esto... esto... esto... y luego...

—*¡Mon Dieu!* ¡Ma'm'selle Salsafette! —gritaron a la vez una docena de personas—. ¿Qué pretende usted hacer?... ¡Deténgase!... ¡Ya es suficiente!... ¡Ya nos hemos dado cuenta con toda claridad de cómo se hace!... ¡Quieta! ¡Quieta! —y varias personas se abalanzaban ya sobre ella para evitar que Madame Salsafette emulara a la Venus de Medicea, cuando aquel resultado fue súbita y eficientemente logrado por una serie de fuertes alaridos o gritos, procedentes de algún lugar del cuerpo principal del *château*.

Mis nervios se vieron muy afectados por estos alaridos, pero el resto de la concurrencia me dio verdadera pena. Jamás había visto un grupo de personas razonables tan asustadas en toda mi vida. Todos se pusieron pálidos como cadáveres, y encogiéndose sobre sus asientos se quedaron temblando y diciendo incoherencias de puro terror, y esperando oír una repetición de aquel sonido. Volvió a producirse, más fuerte y aparentemente más cerca, y después, por tercera vez, esta vez ya muy fuertemente, y la cuarta vez, ya con un vigor evidentemente disminuido. Ante esta clara disminución del ruido, la congregación recuperó inmediatamente su buen humor, y todo volvió a ser vitalidad y anécdotas como anteriormente. Me atreví entonces a preguntar cuál había sido la causa de aquel alboroto.

—Una mera *bagatelle* —me dijo monsieur Maillard—. Estamos acostumbrados ya a estas cosas, y no nos afectan gran cosa. De cuando en cuando, los lunáticos se ponen a aullar a coro; uno arrastra a otro, como a veces ocurre con las jaurías de perros por las noches. A veces, no obstante, el *concerto* viene seguido de un intento de escapar. En esos casos, hay que admitir la existencia de un cierto peligro.

—¿Cuántos tiene usted a su cargo?

—De momento no tenemos más que diez, todos incluidos.

—En su mayor parte, hembras, supongo.

—Oh, no; todos ellos son hombres, y hombres robustos, se lo puedo asegurar.

—¿De veras? Tenía entendido que la mayor parte de los lunáticos pertenecían al sexo débil.

—En general, así es, pero no siempre. Hace algún tiempo había aquí alrededor de veintisiete pacientes, y de ellos, no menos de dieciocho eran mujeres, pero últimamente las cosas han cambiado, como puede usted ver.

—Sí, han cambiado mucho, como puede usted ver —le interrumpió aquí el caballero que había roto las espinillas a ma'm'selle Laplace.

—¡Sí, han cambiado mucho, como puede usted ver! —coreó toda la congregación como un solo hombre.

—¡Las lenguas quietas, todos ustedes! —dijo mi anfitrión, iracundo. Como consecuencia, todos se mantuvieron en silencio durante casi un minuto. En cuanto a una dama, que obedeció a monsieur Maillard al pie de la letra, sacó la lengua, que era extraordinariamente larga, y se la sujetó resignadamente con ambas manos hasta que acabaron las amenidades.

—Y esta buena señora —le dije a monsieur Maillard, inclinándome hacia él y hablando en un susurro—, esta buena señora que acaba de hablar, que hizo lo de «cock-a-doodle-doo»... supongo que será inofensiva... totalmente inofensiva, ¿no?

—¡Inofensiva! —exclamó mi anfitrión, con no fingida sorpresa—. Pero... pero, ¿a qué *puede* estarse usted refiriendo?

—Sólo un poco tocada, ¿no es eso? —le dije, tocándome la cabeza—. Doy por supuesto que no está particularmente... peligrosamente afectada, ¿no?

—*¡Mon Dieu!* ¿Qué es lo que usted se imagina? Esa dama, que precisamente es una vieja amiga mía, madame Joyeuse, está tan absolutamente en su sano juicio como pueda estarlo yo. Tiene sus pequeñas excentricidades, sin duda, pero, como usted ya sabe, ¿qué anciana dama no las tiene?... ¡Todas las mujeres muy ancianas son más o menos excéntricas!

—Qué duda cabe —dije yo—. Qué duda cabe... Entonces, el resto de estas damas y caballeros...

—Son mis amigos y mis encargados —me interrumpió monsieur Maillard, irguiéndose con gran *hauteur*—. Mis muy buenos amigos y encargados.

—¡Cómo! ¿Todos ellos? —le pregunté—. ¿Las mujeres también?

—Desde luego —dijo él—. No podríamos pasarnos sin ellas; son las mejores enfermeras para lunáticos del mundo; tienen un no sé qué que les es peculiar, ¿sabe? ¡Sus brillantes ojos ejercen un efecto maravilloso, algo así como la fascinación de una serpiente, ¿comprende?

—Desde luego —dije yo—, ¡desde luego! Pero se comportan de una manera algo rara, ¿no?... Son un poco extrañas, ¿no?... ¿No le parece a usted así?

—¡Raras!... ¡Extrañas!... Válgame, ¿lo cree usted así de veras? Desde luego, es cierto que aquí en el Sur no somos excesivamente mojigatos, que hacemos prácticamente lo que nos apetece, disfrutando de la vida y todas esas cosas, sabe usted...

—Desde luego —dije yo—, desde luego.

—Y por otra parte, tal vez este *Clos de Vougeôt* se suba un poco, usted ya sabe... un poco *fuerte*, usted me comprende, ¿no?

—Desde luego —dije yo—, desde luego. Por cierto, monsieur, si no le entendí mal, creo que usted me dijo que habían adoptado, en lugar del tan celebrado sistema de apaciguamiento, un sistema de rigurosa severidad.

—En absoluto. El confinamiento es necesariamente rígido, pero el tratamiento, el tratamiento médico, quiero decir, les resulta más agradable que otra cosa.

—¿Y este nuevo sistema es de su invención?

—No del todo. Partes de él pueden ser atribuidas al doctor Brea, del que debe usted haber oído hablar sin duda, y, por otro lado, existen modificaciones a mi sistema, que me alegro de poder atribuir a mi colega el tan celebrado Pluma, por derecho propio, con el cual, si no me equivoco, tiene usted el honor de mantener una íntima amistad.

—Me siento bastante avergonzado de confesar —repliqué— que jamás he oído ni siquiera el nombre de esos dos caballeros.

—¡Cielo santo! —exclamó mi anfitrión, retirando abruptamente su silla y alzando las manos al cielo—. ¡Sin duda no debo haberle oído bien! ¿No querría usted decir, por casualidad, que jamás había *oído* hablar siquiera del erudito doctor Brea ni del tan celebrado profesor Pluma?

—Me veo obligado a confesar mi ignorancia —repliqué—, pero siempre se debe poner la verdad por encima de todas las demás cosas. No obstante, me siento profundamente avergonzado de no conocer los trabajos de estos dos hombres, sin duda extraordinarios. Tengo la intención, de ahora en adelante, de buscar sus escritos y de estudiarlos con la debida atención. ¡Monsieur Maillard, me ha hecho usted, debo confesarlo, *verdade-*

ramente me ha hecho usted sentirme avergonzado de mí mismo!

Y así era, en efecto.

—No diga usted más, mi buen amigo —me dijo compasivamente, oprimiéndome la mano—; acompáñeme a tomar un vaso de Sauterne.

Bebimos. La congregación siguió nuestro ejemplo sin perder comba. Charlaban, hacían bromas, reían, perpetraban un millar de actos absurdos, los violines maullaron, el tambor rugió, los trombones barritaron como si fueran otros tantos toros de bronce de Phalaris, y todo aquel cuadro, que se iba haciendo cada vez mas caótico, al ir los vinos ganando ascendencia, se acabó convirtiendo en un pandemónium *in petto*. Mientras tanto, el señor Maillard y yo, con algunas botellas de Sauterne y Vougeôt colocadas entre nosotros, continuábamos nuestra conversación a pleno pulmón. Una palabra emitida en un tono normal tenía las mismas posibilidades de ser oída que la voz de un pez desde el fondo de las cataratas del Niágara.

—Y, señor —dije yo, aullándole en el oído—, mencionó usted algo antes de la cena acerca de los peligros del antiguo sistema de apaciguamiento. ¿Cómo es eso?

—-Sí —replicó él—, ocasionalmente surgían grandes peligros. No hay forma de prever los caprichos de los locos, y, en mi opinión, así como en la del doctor Brea y la del profesor Pluma, nunca es prudente dejarles sueltos sin la debida vigilancia. Un lunático puede estar «apaciguado», como se dice habitualmente, durante un cierto tiempo, pero al final es muy dado a volverse estrepitoso. Su astucia es, a su vez, grande y proverbial. Si tiene algún objetivo a la vista, lo oculta con maravillosa sabiduría, y la destreza con que finge cordura presenta a los metafísicos uno de los más singulares problemas que pueda haber en el estudio de la mente humana. Cuando un loco parece estar *totalmente* cuerdo, es de hecho el momento para ponerle una camisa de fuerza.

—Pero el peligro, querido señor, del que estaba usted hablando, con arreglo a su propia experiencia durante el tiempo que lleva a la cabeza de esta casa... ¿acaso ha tenido usted motivos materiales para pensar que la libertad es peligrosa en el caso de un lunático?

—¿Aquí? ¿En mi propia experiencia?... Bueno, pues podría decir que sí. Por ejemplo, no hace *mucho* se dio una extraña circunstancia en esta misma casa. El «sistema de apaciguamiento», debe usted saber, estaba aún en marcha, y los pacientes andaban sueltos. Se comportaban notablemente bien, tan bien, que cualquier persona con algo de sentido común se hubiera dado cuenta de que algún diabólico proyecto se estaba cociendo tan sólo a partir de ese único dato, a partir de que aquellos individuos se comportaran tan *notablemente* bien. Y efectivamente, una bella mañana, los encargados se encontraron atados de pies y manos, y fueron arrojados al interior de las celdas, donde fueron atendidos, como si *ellos* fueran los lunáticos, por los propios lunáticos, que habían usurpado las funciones de sus guardianes.

—¡No me diga! ¡Jamás había oído nada tan absurdo en toda mi vida!

—Es un hecho. Todo ocurrió por culpa de un individuo estúpido, un lunático, al que se le había metido en la cabeza que había inventado un sistema de gobierno mejor que cualquiera de los conocidos, de gobierno de lunáticos, quiero decir. Deseaba poner a prueba su invento, supongo, de modo que persuadió al resto de los pacientes para que se unieran a él en una conspiración para derrocar a los poderes reinantes.

—¿Y tuvo realmente éxito?

—Sin duda alguna. Los vigilantes y los vigilados fueron rápidamente forzados a intercambiar sus puestos. Tampoco fue así en realidad, ya que los locos habían gozado de libertad, mientras que los guardianes fueron encerrados a partir de entonces en las celdas y tratados, lamento decirlo, de manera muy caballerosa.

—Pero supongo que pronto se produciría una contrarrevolución. Ese estado de cosas no podría haber existido durante demasiado tiempo. Los campesinos de la vecindad... los visitantes que vinieran a ver el lugar... habrían dado la alarma.

—Ahí es donde usted se equivoca. El cabecilla rebelde era demasiado astuto para eso. No permitía absolutamente ninguna visita, con la excepción, un día, de la de un joven caballero de aspecto extremadamente estúpido, del cual no tenía ninguna razón para temer nada. Le dejó entrar a ver el lugar sólo por aquello de la variedad, para divertirse un rato con él. En cuanto le hubo tomado el pelo lo suficiente, le dejó salir para que siguiera con sus asuntos.

—¿Y durante cuánto tiempo reinaron entonces los locos?

—Oh, durante mucho tiempo, un mes, por lo menos; cuánto tiempo más no sabría decirle con seguridad. En ese tiempo, los lunáticos se corrieron la gran juerga, eso puede usted jurarlo. Prescindieron de sus ropas raídas y tomaron al asalto el guardarropa familiar y las joyas. Los sótanos del *château* estaban bien surtidos de vino, y estos locos son precisamente gente que sabe beberlo. Vivieron bien, eso se lo puedo asegurar.

—¿Y el tratamiento? ¿Cuál fue el tipo particular de tratamiento que el jefe de los rebeldes puso en práctica?

—Bueno, en cuanto a eso, un loco no tiene por qué ser necesariamente un tonto, como ya he comentado anteriormente, y es mi sincera opinión que su tratamiento era mucho mejor que el que vino a reemplazar. Era un sistema realmente capital, simple, pulcro, sin ningún problema en absoluto, de hecho era delicioso... era...

Aquí, las observaciones de mi anfitrión se vieron interrumpidas por otra serie de alaridos, como los que nos habían sorprendido previamente. Esta vez, no obstante, parecían proceder de personas que se aproximaban con gran rapidez.

—¡Válgame el cielo! —exclamé—. Sin duda, los lunáticos han conseguido escaparse.

—Mucho me temo que así sea —replicó monsieur Maillard, poniéndose extraordinariamente pálido. No había hecho más que acabar la frase cuando oímos grandes gritos e imprecaciones bajo las ventanas, e inmediatamente después se hizo evidente que algunas personas estaban intentando entrar desde el exterior. La puerta estaba siendo golpeada con lo que parecía ser un martillo pilón, y las contraventanas estaban siendo sacudidas con prodigiosa violencia.

A raíz de esto sobrevino una escena de la más terrible confusión. Monsieur Maillard, muy para mi asombro, se lanzó bajo el aparador. Había esperado de él algo más de decisión. Los miembros de la orquesta, que, a lo largo de los últimos quince minutos, habían parecido estar excesivamente embriagados como para tocar, se pusieron en pie al instante, y, agarrando sus instrumentos, saltaron sobre la mesa y empezaron a tocar, todos a la vez, «Yankee Doodle», que interpretaron, si bien no exactamente a tono, al menos sí con sobrehumana energía, durante toda la duración de aquel pandemónium.

Mientras tanto, el caballero al que tan trabajosamente se le había impedido hacerlo anteriormente, saltó sobre la mesa, entre los vasos y las botellas. En cuanto se hubo aposentado allí, comenzó un discurso que hubiera sido sin duda magnífico si tan sólo se le hubiera podido oír. En aquel mismo instante, el hombre que sentía predilección por las perinolas se dedicó a dar vueltas por toda la habitación, con inmensa energía y con los brazos extendidos, formando un ángulo recto con el cuerpo, de modo que efectivamente parecía una perinola, e iba derribando a todo aquel que se interponía en su camino. Y al oír también en aquel momento el estampido y el burbujeo de una botella de champaña, descubrí finalmente que era el personaje que había imitado a una botella de aquella bebida tan delicada durante la cena.

Por su parte, el hombre-rana croaba como si la salvación de su alma dependiera de cada nota que emitía. Y en medio de todo este mare mágnum surgió el rebuznar de un burro, destacándose de todo lo demás. En cuanto a mi vieja amiga, madame Joyeuse, me entraron verdaderas ganas de llorar, ya que la pobre dama parecía estar absolutamente perpleja. Todo lo que fue capaz de hacer fue ponerse en un rincón, junto a la chimenea, y cantar incesantemente y con todas sus fuerzas: «¡Cock-a-doodle-de-dooooh!».

Y entonces llegó el clímax, la catástrofe de aquel drama. Al no ser ofrecida ninguna resistencia, aparte de los aullidos, los alaridos y los quiquiriquíes a la aproximación del grupo del exterior, las diez ventanas cedieron con gran rapidez y casi simultáneamente. Pero jamás podré olvidar mi asombro y mi horror cuado vi que lo que entraba por las ventanas, cayendo entre nosotros *pêle-mêle*, peleando, pisoteando, arañando y aullando era lo que a mí me pareció en aquel momento un perfecto ejército de chimpancés, orangutanes y enormes babuinos negros del cabo de Buena Esperanza.

Recibí una terrible paliza, después de la cual rodé bajo un sofá, quedándome inmóvil. No obstante, después de llevar allí unos quince minutos, tiempo durante el cual estuve escuchando con toda atención lo que ocurría en la habitación, llegué a un *dénouement* satisfactorio de aquella tragedia. Monsieur Maillard, al parecer, no había hecho más que narrarme sus propios logros al hablarme del lunático que había incitado a sus compañeros a la rebelión. Este caballero había sido efectivamente, hacía ya dos o tres años, el superintendente de la institución, pero se volvió loco a su vez, ingresando así como paciente. Este hecho no era conocido por mi compañero de viaje, que fue el que hizo las presentaciones. Los guardianes, en número de diez, habiendo sido capturados por sorpresa, fueron cubiertos en primer lugar de brea, siendo después cuidadosamente emplumados, y finalmente encerrados en celdas subterráneas. Habían permanecido en esta situación durante más de un mes, y durante todo ese período, monsieur Maillard les permitió generosamente disponer no sólo de brea y plumas (que en ellas consistía su sistema), sino también de algo de pan y agua en abundancia. Ésta era bombeada sobre ellos todos los días. Finalmente, uno que consiguió escapar a través de una alcantarilla puso en libertad a todos los demás.

El «sistema de apaciguamiento», con importantes modificaciones, ha sido implantado de nuevo en el *château*; sin embargo, no puedo dejar de estar de acuerdo con monsieur Maillard en que su propio «tratamiento» era magnífico a su manera. Como observó él con justeza, era «simple, pulcro y no suponía ningún problema, absolutamente ninguno».

Sólo tengo que añadir que aunque he buscado por todas las librerías de Europa los trabajos del doctor Brea y del profesor Pluma, he fracasado estrepitosamente hasta hoy en mis intentos de encontrar un ejemplar.

EL ÁNGEL DE LO EXTRAÑO

Era una fría tarde de noviembre. Acababa de concluir una comida desusadamente abundante, de la cual la dispéptica *truffe* formó parte, y no precisamente poco importante, y estaba sentado solo en el comedor, con los pies apoyados sobre el parafuegos de la chimenea, y con una pequeña mesa a mi lado, que yo mismo me había acercado, sobre la cual había unas cuantas minucias de postre y una miscelánea colección de botellas de vino, espíritus y *liqueur*. Aquella mañana había estado leyendo *Leónidas*, de Glover; la *Epigoniada*, de Wilkies; la *Peregrinación*, de Lamartine; la *Columbiada*, de Barlow; *Sicilia*, de Tuckerman, y las *Curiosidades*, de Griswold, y no tengo ningún inconveniente en confesar que como consecuencia me sentía algo estúpido. Hice un esfuerzo por refrescarme recurriendo con frecuencia a la ayuda del Lafitte, y al fracasar todo, me dediqué desesperado a hojear un periódico abandonado. Habiendo escrutado cuidadosamente la columna de «casas para alquilar» y la columna de «perros perdidos», y posteriormente las dos columnas de «esposas y aprendices fugados», ataqué furiosamente el editorial, y habiéndole leído desde el principio hasta el final sin entender una sílaba, concebí la posibilidad de que estuviera escrito en chino, y volví a leerlo, esta vez desde el final hasta el principio, pero sin conseguir mejores resultados. Estaba a punto de tirar el periódico, disgustado,

«Este pliego de cuatro hojas, feliz trabajo
Que ni siquiera los poetas critican.»

cuando me llamó un tanto la atención el siguiente párrafo:

«Los caminos que llevan a la muerte son numerosos y extraños. Un periódico de Londres menciona el deceso de una persona por una causa muy singular. Estaba jugando a "soplar el dardo", que se juega con una larga aguja en la que se inserta un trozo de lana, disparándola después contra un blanco por medio de un tubo de latón. El difunto colocó la aguja en el extremo equivocado del tubo, y al aspirar fuertemente para poder lanzar el dardo hacia adelante con más fuerza, atrajo la aguja hacia su garganta. Ésta penetró en sus pulmones, matándole al cabo de unos pocos días.»

Al leer esto tuve un gran acceso de cólera, sin saber exactamente por qué. «Esto —exclamé— es una despreciable mentira, una burla de baja categoría, el resultado de la inventiva de algún mezquino escritor de a penique la línea..., de algún desgraciado inventor de accidentes en Cocaigne. Estos individuos, conociendo la extravagante credulidad que impera en estos tiempos, dedican su ingenio a inventar posibilidades improbables..., extraños accidentes, como ellos mismos los llaman; pero para un intelecto reflexivo (como el mío, añadí entre paréntesis, colocando inconscientemente el dedo índice contra el costado de mi nariz), para una capacidad de comprensión contemplativa como la que yo, por ejemplo, poseo, resulta inmediatamente obvio que el maravilloso crecimiento en número que han experimentado estos «extraños accidentes» en los últimos tiempos, es con mucho el accidente más extraño de todos. Por lo que a mí respecta, tengo la intención, de ahora en adelante, de no creerme absolutamente nada que tenga algo de «singular».

—¡Mein Gott, entonces serr usted verrdaderamente tonto! —replicó una de las voces más extrañas que jamás haya oído.

Al principio la confundí con una especie de rumor en mis oídos, como el que experimenta uno a veces cuando empieza a estar muy borracho, pero, mejor pensado, decidí que el sonido se parecía más al que sale de un barril vacío al golpearlo con un palo; y, de hecho, a esto le habría atribuido aquel sonido de no haber estado articulado en sílabas y en palabras. Yo no soy, bajo ningún concepto, una persona naturalmente nerviosa, y los pocos vasos de Lafitte que había tomado sirvieron para envalentonarme un poco, de modo que no sentí ningún temor, limitándome a levantar plácidamente los ojos y mirar a mi alrededor en busca del intruso. No obstante, fui incapaz de ver a nadie.

—¡Humph! —continuó diciendo la voz, mientras yo continuaba con mi búsqueda—. Debe estarr ustez más borracho que un cerrdo, si es que no me ve, estando como estoy sentado a su lado.

En ese momento se me ocurrió mirar en la dirección de mi nariz, y efectivamente, ante mí, confrontándome desde el otro lado de la mesa, se hallaba sentado un personaje difícil de describir, aunque no totalmente indescriptible. Su cuerpo era como un odre de vino, o un pellejo de ron, o algo por el estilo, y tenía un aspecto totalmente falstaffiano. En su extremo inferior había insertados dos barriletes, que parecían cumplir las funciones de unas piernas. En sustitución de los brazos colgaban de la parte superior del odre dos botellas tolerablemente largas, con los golletes vueltos hacia fuera a modo de manos. Lo único que pude ver de la cabeza del monstruo era parecido a una cantimplora Hessiana, parecida a una gran caja de rapé con un agujero en medio de la tapa. Aquella cantimplora (que llevaba un embudo por sombrero, inclinado sobre los ojos, a la manera como llevan los sombreros de los caballeros), estaba colocada sobre su costado, encima del odre, con el agujero dirigido hacia mí; y era a través de este agujero, que parecía fruncido como los labios de un vieja doncella puntillosa, por donde la criatura emitía ciertos gruñidos y vibraciones que evidentemente pretendía hacer pasar por una charla inteligible.

—Digo —dijo él— que debe estarr ustez más borracho que un cerrdo, si es que no me ve estando como estoy sentado a su lado, y también digo que debe de serr ustez más tonto que un ganso para no creerr lo que dice la prrensa. Es la verdaz, eso es lo que es, palabrra porr palabrra.

—¿Quién es usted, por favor? —dije yo con gran dignidad, aunque algo desconcertado—. ¿Cómo llegó usted hasta aquí y de qué está usted hablando?

—En cuanto a cómo llegué aquí —replicó la figura—, eso no ess de ssu incumbencia; y en cuanto a qué ess de lo que estoy hablando, hablo de lo que me parece bien; y en cuanto a quién soy, es prrecissamente por esso porr lo que vine, parra que lo averriguara ustez mismo.

—Usted es un vagabundo borracho —dije yo—, y pienso hacer sonar la campanilla para que venga mi lacayo y le eche a patadas.

—¡He, he, he! —dijo aquel individuo—. ¡Hu, hu, hu! Eso es algo que no puede ustez hacerr.

—¡Que no puedo! —dije yo—. ¿A qué se refiere?... ¿Que no puedo hacer qué?

—Sonarr la campana —replicó intentando sonreír con su pequeña y repugnante boca.

Al oír esto hice un esfuerzo por levantarme, para poner en práctica mi amenaza; pero aquel rufián se limitó a inclinarse sobre la mesa con gran deliberación, dándome un golpecito en la frente con el gollete de una de las largas botellas, que me hizo caer de nuevo en el sillón del que acababa de levantarme a medias. Me quedé totalmente anonadado, y durante un instante no supe qué hacer. Mientras tanto, él continuó hablando.

—Como puede ustez verr —dijo—, es mejorr que se quede quieto; y ahorra va a saberr ustez quién soy. ¡Fíjese en mí! ¡Mírreme! Soy el *Ángel de lo Extrraño.*

—Bastante extraño sí que es —me aventuré a decir—, pero yo tenía entendido que los ángeles tienen alas.

—¡Alas! —exclamó muy irritado—. ¿Y qué podría yo hacerr con unas alas? ¡Mein Gott! ¿Acaso me toma ustez porr una gallina?

—¡No..., oh no! —repliqué muy alarmado—. No es usted ninguna gallina, desde luego que no.

—Muy bien, pues entonces ssiéntese y compórrtese como es debido, o volverré a golpearrle con mi puño. Son las gallinas las que tienen alas, y los búhos tienen alas, y los duendes tienen alas, y los principales *teuffel* [1] tienen alas. Los ángeles *no* tienen alas, y yo soy el *Ángel de lo Extrraño*.

—Y lo que quiere usted de mí en este momento es... es...

—¡Lo que quiero! —explotó la cosa—. ¡Válgame! ¡Qué pedazo de cachorro malnacido tiene que serr ustez para prreguntarrle a un caballerro que además es un ángel qué es lo que quierre!

Aquella clase de lenguaje era más de lo que yo podía soportar, incluso viniendo de un ángel; de modo que, armándome de valor, cogí un salero que tenía al alcance de la mano y lo lancé en dirección a la cabeza del intruso. Bien lo esquivó, o bien me falló la puntería, el caso es que lo único que conseguí fue destrozar el cristal del reloj que había sobre la chimenea. En cuanto al ángel, evidenció su disgusto por haber sido atacado dándome dos o tres golpes consecutivos, con bastante fuerza, so-

[1] Demonio, en alemán.

bre la frente. Esto me redujo inmediatamente a un estado de sumisión, y casi me avergüenzo de confesar que, ya fuera por el dolor o por la humillación, las lágrimas afloraron a mis ojos.

—¡Mein Gott! —dijo el Ángel de lo Extraño, aparentemente muy ablandado por mi sufrimiento—. Mein Gott, este hombrre está o muy bebido o muy arrepentido. No debe ustez beberrlo tan fuerrte, debe ustez ponerr agua en el vino. Tenga, bébase esto, como un buen muchacho, y no me llorre más... ¡No!

Diciendo lo cual, el Ángel de lo Extraño rellenó mi copa (que contenía como un tercio de Oporto) con un fluido incoloro que vertió de una de sus manos-botella. Observé que las botellas tenían etiquetas alrededor de los golletes, y que en ellas ponía «Kirschenwasser».

Aquella prueba de amable consideración por parte del Ángel me aplacó en buena medida; y ayudado por el agua con que diluyó mi Oporto en más de una ocasión, acabé recuperando el humor necesario para escuchar su extraordinario discurso. No pretendo acordarme de todo lo que me dijo, pero la conclusión a la que llegué después de haberle oído fue que él era el genio director de todos los *contretemps* de la humanidad, y que su labor consistía en provocar los extraños accidentes que continuamente asombran al más escéptico. Una o dos veces, cuando me aventuré a expresar mi total incredulidad con respecto a sus pretensiones, se enfadó sobremanera, de modo que finalmente consideré que lo más sensato sería no decir nada y dejarle hablar a su aire. Siguió hablando, por lo tanto, durante largo rato, mientras yo me limitaba a seguir recostado en mi silla con los ojos cerrados, mientras me entretenía masticando pasas y tirando los rabos por todo el cuarto. Pero al cabo de un rato, el Ángel interpretó mi actitud como un gesto de desdén. Se levantó con terrible furia, inclinó su embudo sobre sus ojos, lanzó un enorme juramento, me lanzó algún tipo de amenaza que no alcancé a comprender del todo bien, y finalmente me hizo una reverencia y se marchó, deseándome, con el lenguaje del arzobispo de la obra *Gil Blas*, «beocoup de bonheur et un peu plus de bon sens».

Su partida fue para mí un alivio. Los *poquísimos* vasos de Lafitte que había tomado habían tenido el efecto de dejarme adormilado, y me sentía inclinado a echar una cabezadita de unos quince o veinte minutos, como tengo por costumbre hacer después de comer. A las seis tenía una cita importante, a la que era absolutamente indispensable que acudiera. La póliza de seguro de mi casa había expirado el día anterior, y habiéndose producido ciertos roces, quedó acordado que a las seis me viera con la Junta de directores de la compañía para fijar las condiciones de la renovación. Echando un vistazo al reloj que había sobre la chimenea (ya que me sentía demasiado perezoso para sacar el mío) observé con placer que me quedaban aún veinticinco minutos por matar. Eran las cinco y media; podría llegar con facilidad a las oficinas del seguro en cinco minutos a pie, y mis siestas normales jamás se han excedido de los veinticinco minutos. Me sentí suficientemente seguro en consecuencia, y me dispuse a dejarme caer en brazos de Morfeo.

Habiéndolo hecho a mi entera satisfacción, miré de nuevo en dirección al reloj, y estuve casi tentado de creer en los accidentes extraños al ver que en lugar de los habituales quince o veinte minutos había estado durmiendo durante tan sólo tres, ya que faltaban aún veintisiete minutos para la hora de mi cita. Volví, por lo tanto, a mi siesta, y al despertarme al cabo de un rato descubrí totalmente desconcertado que aún faltaban veintisiete minutos para las seis. Me levanté de un salto para examinar el reloj, descubriendo que había dejado de funcionar. Mi reloj de bolsillo me informó de que eran las siete y media; y como es lógico, después de haber dormido dos horas, era ya demasiado tarde para asistir a mi cita.

—No pasará nada —dije—. Puedo llamar mañana por la mañana a la oficina y excusarme. Y ahora, mientras tanto, ¿qué podrá haberle pasado al reloj?

Al examinarlo descubrí que uno de los rabos de pasa que tan descuidadamente había estado arrojando por toda la habitación durante el discurso del Ángel de lo Extraño, había pasado a través del cristal roto y se había alojado, cosa bastante singular, en el orificio de la llave, con un extremo proyectándose hacia el exterior, que había obstaculizado el movimiento del minutero.

—¡Ah! —dije yo—. Ya veo cómo ha sido. Esto habla por sí mismo. Un accidente natural, ¡de los que tienen que ocurrir de cuando en cuando!

Sin dar más vueltas a la cuestión, me retiré a dormir a la hora habitual. En mi dormitorio, una vez colocada una vela sobre un atril de lectura que tenía a la cabecera de la cama, y después de intentar leer unas cuantas páginas de la *Omnipresencia de la Deidad*, tuve la desgracia de quedarme dormido en menos de veinte segundos, dejando la vela tal y como estaba, encendida.

Mis sueños se vieron terroríficamente plagados de visiones del Ángel de lo Extraño. Me parecía verle al pie del sofá, abriendo las cortinas amenazándome, con el hueco y detestable tono de un odre de ron, con las más terribles venganzas por el desprecio con el que le había tratado. Concluía una larga arenga, quitándose su embudo-gorra, insertando su extremo en mi garganta e inundándome con un verdadero océano de «Kirschenwasser», que fluía en un chorro continuo de una de las botellas de largo cuello que hacían en él las veces de brazos.

Finalmente, mi agonía se hizo insufrible, y me desperté justo a tiempo de ver que una rata se había llevado la vela del atril, pero no de impedir que se escapara con ella metiéndose en su agujero. Muy pronto un olor fuerte y sofocante asaltó mi nariz; la casa, percibí con claridad, estaba ardiendo. En cuestión de pocos minutos las llamas surgieron con violencia, y al cabo de un intervalo de tiempo increíblemente corto la casa estaba rodeada de llamas.

Toda salida de mi cámara que no fuera a través de una ventana estaba cortada. La muchedumbre, no obstante, se hizo rápidamente con una escalera, extendiéndola hacia mí. Por medio de esto estaba descendiendo rápida y aparentemente a seguro cuando un enorme cerdo, en cuyo estómago rotundo, y de hecho en toda su actitud y toda su fisonomía había algo que me recordaba al Ángel de lo Extraño..., cuando este cerdo, como iba diciendo, que hasta aquel momento había estado dormitando pacíficamente en el barro, decidió repentinamente que necesitaba rascarse el hombro izquierdo y no consiguió encontrar nada más adecuado para este propósito que el pie de la escalera. Al instante caí al suelo, y tuve la desgracia de romperme un brazo.

Este accidente, junto con la pérdida de mi seguro y la pérdida aún más grave de mi pelo, que se me había chamuscado en su totalidad a causa del fuego, me predispuso a adoptar una actitud más seria ante la vida, de modo que finalmente me decidí a buscar una esposa. Había una viuda rica y desconsolada por la pérdida de su séptimo marido, y fue a su espíritu herido al que ofrecí el bálsamo de mis votos matrimoniales. Ella accedió, finalmente, a mis súplicas. Me arrodillé a sus pies, lleno de gratitud y adoración. Ella se sonrojó e inclinó la cabeza, poniendo su exuberante cabellera en estrecho contacto con los rizos que temporalmente me habían sido suministrados por Grandjean. No sé cómo se produjo el enredo, pero sé que se produjo. Me levanté con el cráneo brillante y desprovisto de peluca; ella, desdeñada e iracunda, medio ahogada por un pelo extraño. Así acabaron mis aspiraciones por la viuda a causa de un accidente imprevisible, sin duda, pero que la secuencia natural de los acontecimientos había producido.

No obstante, sin desesperar, me lancé al asedio de un corazón menos implacable. Mi suerte fue de nuevo favorable durante un breve período de tiempo; pero una vez más un incidente trivial se interpuso entre mi amada y yo. Había quedado citado con mi prometida en una avenida donde se encontraba toda la *élite* de la ciudad, e iba yo a toda prisa a darle la bienvenida con una de mis más celebradas reverencias, cuando una pequeña partícula de alguna sustancia extraña, que se me introdujo en el rabillo del ojo, me dejó momentáneamente cegado. Antes de que consiguiera recobrar la vista, la dama de mis amores había desaparecido, afrentada irreparablemente por lo que ella consideraba la grosería de pasar por delante de ella sin saludarla. Mientras estaba aún desconcertado por lo repentino de aquel accidente (que, no obstante, podía haber sucedido a cualquier persona bajo el sol) y seguía aún sin poder ver, me abordó el Ángel de lo Extraño, que me ofreció su ayuda con una educación que jamás hubiera esperado de él. Examinó mi ojo molesto con mucha delicadeza y habilidad; me informó que tenía una gota metida en él, y (fuera lo que fuese una «gota») me la extrajo, procurándome alivio.

Después de aquello llegué a la conclusión de que iba siendo ya hora de morir (ya que la mala fortuna parecía haber decidido perseguirme), y en consecuencia encaminé mis pasos al río más cercano. Una vez allí, y quitándome las ropas (ya que no existe ninguna razón por la que no podamos morir igual que hemos nacido), me lancé de cabeza a la corriente, siendo el único testigo de mi suerte un cuervo solitario que se había sentido tentado de comer trigo saturado en coñac y se había alejado en consecuencia, dando traspiés, de sus compañeros. No había hecho yo más que entrar en el agua cuando a aquel ave se le metió en la cabeza salir volando con la parte más indispensable de mi vestuario. Pospuse en consecuencia mi suicidio por el momento, limitándome a introducir mis extremidades inferiores en las mangas de la chaqueta, y me lancé a la captura de aquel felón con toda la agilidad que el caso requería y las circunstancias permitían. Pero mi negro destino seguía aún conmigo. Mientras iba corriendo a toda velocidad, con mi nariz dirigida hacia el cielo y con la atención fija en el ladrón de mi propiedad, percibí súbitamente que mis pies no tocaban ya *terra firma*. Lo que había sucedido era que acababa de saltar por un precipicio, y me hubiera hecho pedazos inevitablemente si no hubiera tenido la suerte de agarrarme al extremo de un larga cuerda-guía que colgaba de un globo que pasaba por allí.

En cuanto recuperé el suficiente sentido como para comprender el terrible lío en el que estaba metido, o más bien suspendido, puse toda la fuerza de mis pulmones en el empeño de que ese peligro fuera también conocido por el astronauta que debía ir más arriba. Pero durante largo rato mis esfuerzos fueron en vano.

O bien el muy idiota no me veía, o el muy villano no quería oírme. Mientras tanto, la máquina seguía volando rápidamente, y mis fuerzas me fallaban aún más rápidamente. Pronto estuve a punto de resignarme a mi destino, dejándome caer tranquilamente en el mar, cuando mi espíritu se vio reanimado súbitamente por una voz hueca proveniente de más arriba, que parecía estar tarareando perezosamente algún trozo de ópera. Mirando en su dirección vi al Ángel de lo Extraño. Estaba inclinado, con los brazos cruzados, sobre el borde de la cesta, y tenía una pipa en la boca a la que daba plácidas chupadas, dando la impresión de estar en excelentes términos consigo mismo y con el universo. Yo estaba demasiado exhausto para hablar, de modo que me quedé mirándole con gesto implorante.

Durante varios minutos, aunque me miraba directamente a la cara, no dijo nada. Finalmente, cambiando cuidadosamente su bufanda del lado derecho al izquierdo de su boca, condescendió a hablar conmigo.

—¿Quién ess ustez? —preguntó—. ¿Y qué diablos está haciendo ahí?

Ante esta prueba de descaro, crueldad y afectación sólo pude responder con la palabra:

—¡Socorro! [2].

—¡Socorro! —repitió el muy rufián—. No seré yo. Ahí tiene la botella, sírvase usted mismo y que el diablo se lo lleve.

Con estas palabras dejó caer una pesada botella de «Kirschenwasser», que, golpeándome en plena coronilla, me hizo pensar que se me habían salido todos los sesos. Impresionado con esta idea estaba a punto de dejar ir la cuerda y abandonar la vida con dignidad cuando me retuvo la voz del Ángel, que me conminaba a aguantar un poco más.

—¡Aguante! —dijo—. No tenga tanta prrisa... ¿No quierre usted otrra botella, o está ya sobrrio y ha recobrado el sentido común?

Al oír esto me faltó tiempo para mover dos veces la cabeza, una en sentido negativo, queriendo decir que prefería no aceptar otra botella por el momento, y otra

[2] Socorro en inglés es «help». Help tiene también la acepción de servir. Help yourself = sírvase usted mismo. De ahí el juego de palabras.

en sentido afirmativo, con lo que quería implicar que *estaba* sobrio y que *había* definitivamente recobrado el sentido común. De esta forma conseguí ablandar un tanto al Ángel.

—¿Entonces crree ustez —me preguntó— al fin? ¿Crree ustez entonces en la posibilidad de lo extraño?

Volví a afirmar con la cabeza.

—¿Y crree ustez en mí, el Ángel de lo Extrraño?

Volví a asentir.

—¿Y reconoce ustez que es un borracho impenitente y que además es un tonto?

Volví a asentir una vez más.

—Entonces meta la mano derrecha en el bolsillo izquierrdo de sus pantalones, como prueba de sumisión total al Ángel de lo Extrraño.

Por motivos obvios me encontré en la absoluta imposibilidad de hacerlo. En primer lugar, me había roto el brazo izquierdo al caer de la escalera, y por lo tanto, si hubiera soltado la mano derecha me hubiera encontrado sin ningún asidero. En segundo lugar, seguiría sin pantalones hasta que me volviera a cruzar con el cuervo. Me vi obligado, pues, lamentándolo mucho, a negar con la cabeza, intentando así hacer comprender al Ángel lo inconveniente que me resultaba, en aquel momento, cumplir su muy razonable orden. No obstante, en el momento en que lo hube hecho...

—¡Entonces váyase al diablo! —rugió el Ángel de lo Extraño.

Cuando hubo pronunciado estas palabras, sacó un afilado cuchillo y cortó la cuerda de la que yo pendía, y como en aquel momento pasábamos por encima de mi casa (que, en el transcurso de mis peregrinaciones había sido cuidadosamente reconstruida), dio la casualidad de que me colé de cabeza por su gran chimenea, yendo a tomar tierra en el hogar del comedor.

Cuando recobré el sentido (ya que la caída me había dejado muy atontado), descubrí que eran alrededor de las cuatro de la mañana. Me quedé tendido en el lugar donde había ido a dar tras mi caída desde el globo. Mi cabeza estaba hundida en las cenizas del fuego apagado, mientras que mis pies reposaban sobre lo que quedaba de una pequeña mesa, que estaba volcada, y entre los restos de un postre variado, entremezclados con un periódico, algunos cristales rotos y un recipiente vacío de «Schiedam Kirschenwasser». Esta fue la venganza del Ángel de lo Extraño.

COMO UN LEÓN

Sátiras del Obispo Hall

... Todo el mundo andaba
Sobre los diez dedos de sus pies de puro asombro.

Yo soy —o mejor dicho *fui*— un gran hombre; pero no soy ni el autor de Junius ni el Hombre de la Máscara de Hierro, ya que mi nombre, según tengo entendido, es el de Robert Jones, y nací en algún lugar de la ciudad de Fum-Fudge.

El primer acto de mi vida fue el de agarrarme la nariz con ambas manos. Mi madre, al verme, consideró que era un genio; mi padre se puso a llorar de alegría y me regaló un tratado de nasología. Antes de que empezara a usar pantalones ya me lo conocía a la perfección.

Empecé entonces a tantear mi camino en el terreno de las ciencias, y pronto comprendí que un hombre que tuviera una nariz lo suficientemente conspicua podría, por el simple expediente de seguirla, llegar a conseguir la filiación a los Leones. Pero mis intereses llegaban más allá de la teoría. Todas las mañanas le daba a mi probóscide un buen tirón y me tragaba media docena de copas de aguardiente.

Cuando fui mayor de edad, mi padre me preguntó un día si querría acompañarle a su estudio.

—Hijo mío —dijo una vez que nos hubimos sentado—, ¿cuál es el objetivo final de tu existencia?

—Padre mío —le respondí—, el estudio de la Nasología.

—¿Y qué es, Robert —me preguntó—, la Nasología?

—Señor —le dije—, es la Ciencia que estudia las Narices.

—¿Y podrías explicarme —me dijo— cuál es el significado de una nariz?

—La nariz, padre mío —le dije muy conmovido—, ha sido definida de diversas formas por aproximadamente un millar de autores —en ese punto saqué mi reloj—. Es ya mediodía, sobre poco más o menos. De aquí a medianoche tendremos tiempo de repasar todas ellas. Por lo tanto, para empezar, la nariz, según Bartholinus, es aquella protuberancia, aquel bulto, aquella excrecencia, que...

—Ya es suficiente, Robert —me interrumpió el bondadoso anciano caballero—. Estoy asombrado por la extensión de tus conocimientos... te aseguro... por mi alma —aquí cerró los ojos, poniéndose la mano sobre el corazón—. ¡Ven aquí! —aquí me cogió del brazo—. Ya se puede considerar que tu educación ha sido completa; ya va siendo hora de que empieces a desenvolverte por tu cuenta, y lo mejor que puedes hacer es seguir tu nariz... de modo que... de modo que... de modo que... —aquí me echó escaleras abajo de una patada, y salí por la puerta—. De modo que fuera de mi casa, ¡y que Dios te bendiga!

Al sentir en mí el divino *afflatus* consideré que aquel accidente había sido más afortunado que otra cosa. Decidí aceptar el consejo paterno. Decidí seguir a mi nariz. Le pegué uno o dos tirones allí mismo y más adelante escribí un panfleto sobre Nasología.

Toda la ciudad de Fum-Fudge estaba alborotada.

—¡Un genio soberbio! —decía el Quarterly.

—¡Un soberbio fisiólogo! —decía el Westminster.

—¡Un individuo inteligente! —decía el Foreign.

—¡Un magnífico escritor! —decía el Edinburgh.

—¡Un pensador profundo! —decía el Dublín.

—¡Un gran hombre! —decía Bentley.

—¡Un alma divina! —decía Fraser.

—¡Uno de nosotros! —dijo Blackwood.

—¿Quién podrá ser? —dijo Mrs. Bas-Bleu.

—¿Qué podrá ser? —dijo miss Bas-Bleu la Mayor.

—¿Dónde podrá estar? —dijo miss Bas-Bleu la Pequeña.

Pero no presté ninguna atención a toda esta gente; me limité a entrar en el estudio de un artista.

La Duquesa de Dios-me-Bendiga estaba posando para su retrato; el Marqués de Esto-y-lo-Otro cuidaba del perrito de lanas de la Duquesa; el conde de Esto-y-Aquello jugueteaba con sus sales, y su Alteza Real del Mírame-y-No-me-Toques estaba recostada contra el respaldo de su silla.

Me aproximé al artista y alcé la nariz.

—¡Oh, maravillosa! —suspiró su Gracia.

—¡Oh, cielos! —ceceó el Marqués.

—¡Oh, escandaloso! —gimió el Conde.

—¡Oh, abominable! —gruñó su Alteza Real.

—¿Cuánto quiere por ella? —preguntó el artista.

—¡Por su *nariz*! —gritó su Gracia.

—Mil libras —dije yo sentándome.

—¿Mil libras? —inquirió el artista meditativamente.

—Mil libras —dije yo.

—¡Maravillosa! —dijo él, extasiado.

—Mil libras —dije yo.

—¿Me la garantizaría usted? —dijo él, poniendo mi nariz a la luz.

—Sí —dije, hinchándola bien.

—¿Es *realmente* un original? —inquirió, tocándola con reverencia.

—¡Humph! —dije yo, echándola a un lado.

—¿No se le ha sacado ninguna copia? —me exigió, examinándola al microscopio.

—Ninguna —dije yo, alzándola.

—*Admirable* —exclamó, desarmado por la belleza de la maniobra.

—Mil libras —dije yo.

—¿Mil libras? —dijo él.

—Exactamente —dije yo.

—Entonces las tendrá —dijo él—. ¡Qué pieza de *virtu*!

De modo que me firmó un cheque allí mismo e hizo un boceto de mi nariz. Alquilé unas habitaciones en

Jermyn Street, y le mandé a su majestad la noventa y nueve edición de mi «Nasología», junto con un retrato de mi probóscide. El pequeño y patético calavera del Príncipe de Gales me invitó a cenar.

Éramos todos leones y *recherches*.

Había un platonista moderno. Citaba a Porphirio, Iamblico, Plotino, Proclo, Hierocles, Máximo, Tyrio y Syriano.

Había un hombre entusiasmado por la hipótesis de la perfectibilidad humana. Citaba a Turgôt, Price, Priestley, Condorcet, De Staël y «El Estudiante Ambicioso en Mal Estado De Salud».

Estaba también sir Paradoja Positiva. Observó que todos los tontos eran filósofos, y que todos los filósofos eran tontos.

Estaba Aestheticus Ethix. Habló acerca del fuego, de la unidad y de los átomos; del alma dual y del alma pre-existente; de la afinidad y la discordia; de la inteligencia primitiva y de la homeomería.

También estaba Teólogos Teología. Habló acerca de Eusebio y Ariano, de la herejía y el Concilio de Niza, del Puseyismo y el consustancialismo, de Homousies y Homoiousios.

Estaba Fricassée del Rocher de Cancale. Mencionó al Muriton de lengua escarlata, las coliflores con salsa *velouté*, la ternera *à la* St. Menehold, el escabeche *à la* S. Florentin y la gelatina de naranja *en mosaiques*.

Estaba Bibulus O'Bumper. Tocó el tema de Latour y Markbrünnen, del Mousseux y el Cambertin, del Richbour y el St. George, del Haubrion, Leonville y

Medoc, del Barac y el Preignac, del Grâve, del Sauterne, del Lafitte y del St. Peray. Negaba con la cabeza ante el Clos de Vougeot, y era capaz de distinguir con los ojos cerrados la diferencia entre un Jerez y un Amontillado.

Estaba el Señor Tintontintino de Florencia. Él habló en su discurso acerca de Cimabue, Carpaccio y Argoostino. Acerca de la tristeza de Caravaggio, de la amenidad de Albano, de los colores de Tiziano, de las *fraus* de Rubens y de las bufonadas de Jan Steen.

Estaba también el presidente de la universidad de Fum-Fudge. Él mantenía la opinión de que en Tracia, la luna recibía el nombre de Bendis, el de Buqbastis en Egipto, el de Diana en Roma y el de Artemisa en Grecia.

Estaba un Gran Turco de Estambul. No podía evitar el pensar que los ángeles eran caballos, gallos y toros, que alguien en el sexto cielo tenía setenta mil cabezas y que la tierra estaba sustentada por una vaca azul celeste, que tenía un incalculable número de cuernos verdes.

Estaba Delphinus Políglota. Nos contó lo que había ocurrido con ochenta y tres tragedias desaparecidas de Esquilo, con las cincuenta y cuatro oraciones de Isaías, con los trescientos noventa y un discursos de Lysias, con los ciento ochenta tratados de Teofrasto, con el octavo libro de las secciones cónicas de Apolonio, con los himnos de Píndaro y con sus ditirambos, y con las cuarenta y cinco tragedias de Homero junior.

Estaba Ferdinand Fitz-Fossillus Feldespato. Nos habló acerca de los fuegos internos y las formaciones del terciario, acerca de los aeriformes, fluidiformes y solidiformes; acerca del cuarzo y la marga, acerca de los esquistos y la turmalina, acerca del yeso y el basalto, acerca del talco y las rocas calcáreas, acerca de la blenda y la hornablenda, acerca de la mica y de los aglomerados, acerca de la cianita y la lepidolita, acerca de la hematita y la tremolita, acerca del antimonio y la calcedonia, acerca del manganeso y de todo lo que se les puede ocurrir.

También estaba yo. Hablé acerca de mí mismo, de mí mismo, de mí mismo; acerca de la Nasología, de mi panfleto y de mí mismo. Alcé mi nariz y hablé acerca de mí mismo.

—¡Un hombre maravillosamente inteligente! —dijo el Príncipe.

—¡Soberbio! —dijeron sus invitados, y a la mañana siguiente, su Gracia de Dios-me-Bendiga me hizo una visita.

—¿Querrá usted ir a casa de Almack, preciosa criatura? —me preguntó, dándome golpecitos en la sotabarba.

—Será un honor para mí —repliqué yo.

—¿Con nariz y todo? —me preguntó.

—¡Por mi vida! —le repliqué.

—Entonces, aquí tiene usted una tarjeta, mi vida. ¿Puedo entonces decir que *irá* usted?

—Mi querida Duquesa, de todo corazón.

—¡Bah! Eso no me vale... Pero, ¿de toda nariz?

—Hasta la última partícula de ella, amor mío —dije yo; de modo que le di un par de estrujones y me encontré en Almack's.

Las habitaciones estaban sofocantemente llenas.

—¡Ahí viene! —dijo alguien desde la escalera.

—¡Ahí viene! —dijo alguien desde más arriba.

—¡Ahí viene! —dijo alguien desde todavía más lejos.

—¡Ha venido! —exclamó la Duquesa—. ¡Ha venido, el muy amorcito —y agarrándome con firmeza las dos manos, me dio tres besos en la nariz.

Esto produjo verdadera sensación.

—*¡Diavolo!* —exclamó el Conde Capricornutti.

—*¡Dios me guarde!* —murmuró Don Stilete.

—*¡Mille tonnerres!* —exclamó el Príncipe de Grenouille.

—*¡Tousand teufel!* —gruñó el Elector de Bluddennuff.

Aquello no se podía soportar. Me enfadé. Me puse grosero con Bluddennuff.

—¡Señor! —le dije—, es usted un babuino.

—¡Señor —replicó él, después de una pausa—, *Donner und Blitzen*!

Esto era lo más que se podía esperar. Intercambiamos nuestras tarjetas. En Chalk, a la mañana siguiente, le arranqué la nariz de un disparo y después fui a visitar a mis amigos.

—*¡Bète!* —dijo el primero.

—*¡Bobo!* —dijo el segundo.

—*¡Imbécil!* —dijo el tercero.

—*¡Asno!* —dijo el cuarto.

—*¡Mentecato!* —dijo el quinto.

—*¡Simplón!* —dijo el sexto.

—*¡Lárgate!* —dijo el séptimo.

A la vista de aquello, empecé a sentirme mortificado, y, en consecuencia, fui a ver a mi padre.

—Padre —le pregunté—, ¿cuál es el objetivo fundamental de mi vida?

—Hijo mío —me replicó—, sigue siendo el estudio de la Nasología, pero al acertarle en la nariz al elector has ido más allá de lo deseable. Tú tienes una magnífica nariz, eso es cierto, pero, por otro lado, Bluddennuff no tiene nariz. Tú has sido condenado y él se ha convertido en el héroe de la jornada. Concedido que en Fum-Fudge, la grandeza de un león se mide en razón al tamaño de su probóscide, pero, ¡el cielo me valga! ¿Cómo se puede competir con un león que no la tiene en absoluto?

CÓMO ESCRIBIR UN ARTÍCULO DE BLACKWOOD

«En el nombre del Profeta... higos.»

Voces del vendedor de higos Turco

Supongo que todo el mundo ha oído hablar de mí. Mi nombre es Signora Psyche Zenobia. Esto lo sé con seguridad. Sólo mis enemigos me llaman Suky Snobbs. Me han asegurado que Suky es una vulgar corrupción de Psyche, que es una palabra griega que significa «el alma» (esa soy yo, soy toda espíritu), y a veces, «una mariposa», lo que, sin duda, alude al aspecto que tengo con mi nuevo traje de satén carmesí, con el *mantelet* árabe azul cielo y las orlas de *agraffas* verdes, y los siete faralaes de *aurículas* de color naranja. En cuanto a Snobbs..., cualquier persona que se tomara la molestia de mirarme dos veces se daría cuenta de que mi nombre no es Snobbs. Miss Tabitha Turnip propagó ese rumor, movida por pura envidia. ¡Precisamente Tabitha Turnip! ¡La pobre infeliz! Pero, ¿qué se podía esperar de un nabo como ella? Me pregunto si conocerá el viejo adagio acerca de «sacar sangre de un nabo», etcétera (recordar: decírselo en la primera ocasión que surja, recordar también tirarle de las narices). ¿Por dónde iba? ¡Ah! Me han asegurado que Snobbs no es más que una corrupción de Zenobia, y que Zenobia fue una reina (igual que yo. El Doctor Moneypenny siempre me llama la Reina de Corazones), y que Zenobia, al igual que Psyche, es griego del bueno, y que mi padre era «un griego», y que, en consecuencia, tengo derecho a mi patronímico, que es Zenobia, y no Snobbs. La única que me llama Suky Snobbs es Tabitha Turnip; yo soy la Signora Psyche Zenobia.

Como ya dije antes, todo el mundo ha oído hablar de mí. Yo soy esa Signora Psyche Zenobia, tan justamente célebre como secretaria corresponsal de la *«Asociación Singular, Operativa, Moral de Bellas y Retoños, Oficial de Salmodias Originales, Libros, Odontólogos, Tratados, Estudios, Ditirambos, En Azote, de la Zafiedad, Universal, Localizada»*. El Doctor Moneypenny fue el que se inventó el nombre, y dice que lo eligió así porque suena grandioso, como un tonel de ron vacío. (Es un hombre vulgar, que a veces..., pero es un hombre profundo.) Todos ponemos las iniciales de la sociedad detrás de nuestros nombres, como lo hacen los miembros de la R. S. A. (Real Sociedad de las Artes), de la S. D. U. K. (Sociedad para la Difusión de Conocimientos Útiles), etcétera. El Doctor Moneypenny dice que la «S» viene de rancio, y que «D. U. K.» quiere decir pato (lo que no es cierto), y que lo que significa «S. D. U. K.» es pato rancio, y no la sociedad de lord Brougham, pero, por otra parte, el doctor Moneypenny es un hombre tan raro, que nunca se sabe seguro cuándo está diciendo la verdad. En cualquier caso, siempre añadimos al final de nuestros nombres las siglas A. S. O. M. B. R. O. S. O. L. O. T. E. D. E. A. Z. U. L. Es decir, «Asociación Singular Operativa, Moral, de Bellas y Retoños, Oficial de Salmodias Originales, Libros, Odontólogos, Tratados, Estudios, Ditirambos, En Azote, de la Zafiedad, Universal, Localizada», una letra por cada palabra, lo que introduce una clara mejora con respecto a lord Brougham. El Dr. Moneypenny insiste en que las iniciales son toda una definición de nuestro verdadero carácter, pero que me aspen si sé a lo que se refiere.

A pesar de los buenos oficios del doctor y de los enormes esfuerzos que hizo la asociación para hacerse notar, no tuvo un gran éxito hasta que yo me uní a ella. La verdad es que los miembros utilizaban un tono excesivamente frívolo en sus discusiones. Los papeles que se leían todos los sábados por la tarde se caracterizaban más por su estupidez que por su profundidad. No eran más que un revoltillo de sílabas. No existía ninguna investigación acerca de las causas primeras, de los primeros principios. De hecho, no existía investigación alguna acerca de nada. No se prestaba ninguna atención al grandioso aspecto de la «Adecuación de las Cosas». En pocas palabras, no había nadie que escribiera cosas tan bonitas como éstas. Era todo de bajo nivel, ¡mucho! Carecía de profundidad, de erudición, de metafísica, no había nada de lo que los eruditos llaman espiritualidad y que los incultos han decidido estigmatizar llamándolo jerga. (El doctor M. dice que «jerga» se escribe con «j» mayúscula, pero yo sé lo que me hago.)

Cuando me uní a la sociedad, mi propósito era introducir un mejor estilo tanto en el pensamiento como en los escritos, y todo el mundo sabe hasta qué punto he tenido éxito. Conseguimos ahora tan buenas publicaciones en la A. S. O. M. B. R. O. S. O. L. O. T. E. D. E. A. Z. U. L. como se puedan encontrar incluso en *Blackwood*. Digo *Blackwood*, porque me han asegurado que la mejor literatura sobre cualquier tema es la que aparece en las páginas de la tan justamente celebrada revista. La utilizamos ahora como modelo para todos nuestros temas, y, en consecuencia, estamos consiguiendo una gran notoriedad a gran velocidad. Y, después de todo, tampoco es tan difícil componer un artículo con el sello de *Blackwood*, siempre y cuando uno se tome la cuestión con seriedad. Por supuesto que no me refiero a los artículos políticos. Todo el mundo sabe cómo se hacen *éstos*, desde que el doctor Moneypenny nos lo explicó. El señor Blackwood tiene unas tijeras de sastre y tres aprendices a sus órdenes. Uno de ellos le alcanza el *Times*, otro el *Examiner* y el tercero el «Nuevo compendio de Argot Moderno de Gulley». El señor B. se limita a cortar y entremezclar. Eso queda hecho rápidamente. Todo consiste en mezclar un poco del *Examiner*, «Argot Moderno» y el *Times*, después otro poquito del *Times*, «Argot Moderno» y del *Examiner*, y después del *Times*, el *Examiner* y «Argot Moderno».

Pero el mérito fundamental de la revista radica en la variedad de sus artículos; y de, entre éstos, los mejores vienen bajo el encabezamiento de lo que el señor Moneypenny llama las «*Bizarreríes*» (lo que quiera que pueda significar eso), y el resto de la gente llama las *intensidades*. Este es un tipo de literatura que aprendí a apreciar hace largo tiempo, aunque sólo a raíz de mi última visita al señor Blackwood (como representante de la sociedad) he llegado a conocer el método exacto de su creación. El método es muy sencillo, aunque no tanto como el de los artículos políticos. Cuando llegué a ver al señor B., y una vez que le hice saber los deseos de la Sociedad, me recibió con gran cortesía, llevándome a su estudio y dándome una clara explicación de la totalidad del proceso.

—Mi querida señora —dijo él, evidentemente impresionado por mi aspecto majestuoso, ya que llevaba puesto el traje de satén carmesí, con las *agraffas* verdes y las *aurículas* de color naranja.

—Mi *querida* señora —dijo él—, siéntese. La cuestión parece ser ésta: en primer lugar, su escritor de intensidades debe utilizar una tinta muy negra, y una pluma muy grande, con un plumín muy romo. ¡Y fíjese usted bien, Miss Psyche Zenobia! —continuó, después de una pausa, con gran energía y solemnidad—. ¡Fíjese usted bien! *¡Esa pluma jamás-debe-ser-arreglada!* Ahí, madame, está el secreto, el alma de la intensidad. Yo me atrevo a decir que ni un solo individuo, por muy genial que haya sido, ha escrito jamás con una buena pluma, entiéndame usted, un buen artículo. Puede usted partir del supuesto de que cuando un manuscrito se puede leer, no vale la pena leerlo. Este es el principio guía de nuestra fe, y si no está usted de acuerdo con él, habremos de dar por terminada nuestra entrevista.

Hizo una pausa. Pero como yo, por supuesto, no tenía ningún deseo de dar por terminada la entrevista, acepté aquella proposición tan evidente, que era además una verdad de la que había sido consciente desde siempre. Él pareció satisfecho y siguió con su perorata.

—Puede parecer pedante por mi parte, Miss Psyche Zenobia, el recomendarle un artículo, o una serie de artículos a guisa de modelo o materia de estudio, y aun así, no obstante, tal vez fuera lo mejor que le señalara unos cuantos casos. Veamos. Estaba el «muerto viviente», ¡algo fantástico! Era el relato de las sensaciones de un caballero que había sido enterrado antes de que la vida hubiera abandonado su cuerpo... Estaba repleta de buen gusto, terror, sentimiento, metafísica y erudición. Hubiera uno jurado que su autor había nacido y había sido criado en el interior de un ataúd. También tuvimos las «Confesiones de un comedor de Opio». ¡Espléndido, realmente espléndido! Una imaginación gloriosa, filosofía profunda, agudas especulaciones, abundancia de fuego y de furia, todo bien sazonado con toques de lo ininteligible. Aquello era una cháchara de la buena y la gente se la tragó encantada. Tenían la impresión de que Coleridge era el autor, pero no era así. Fue creado por mi babuino preferido, Juniper, con la ayuda de una jarra de Hollands con agua, «caliente y sin azúcar». (Esto me hubiera costado trabajo creerlo si me lo hubiera contado una persona que no fuera el señor Blackwood, que me aseguró que era cierto.) Estaba también «El Experimentalista Involuntario», que trataba de un caballero que fue asado en un horno, y salió vivo y en buen estado, si bien, desde luego, muy hecho. Estaba también «El Diario de un Doctor Extinto», cuyo mérito radicaba en la presencia de magníficos disparates y una indiscriminada utilización del griego, ambos muy del gusto del público. También estaba «El hombre de la campana», que, dicho sea de paso, Miss Zenobia, es una obra que no puedo dejar de recomendar a su atención. Es la historia de una persona joven, que se queda dormida bajo el badajo de la campana de una iglesia y es despertada por el sonar de la campana tocando a funeral. El sonido le vuelve loco, y, en consecuencia, saca su cuadernito y nos describe sus sensaciones. Después de todo, lo fundamental son las sensaciones, que supondrán para usted diez guineas la página. Si desea usted escribir con fuerza, Miss Zenobia, preste minuciosa atención a las sensaciones.

—-Eso mismo haré, Mr. Blackwood —dije yo.

—¡Magnífico! —replicó—. Ya veo que es usted un discípulo de los que a mí me gustan. Pero debo ponerla *au fait* en conocimiento de los detalles necesarios para la composición de lo que podríamos llamar un genuino artículo de Blackwood con el sello de lo sensacional, del tipo que supongo que usted comprenderá que considero el ideal bajo cualquier circunstancia.

—El primer requisito a cumplir es el meterse uno en una situación en la que nadie haya estado antes. El horno, por ejemplo... ese fue un verdadero éxito. Pero si no tiene usted a mano un horno, o una campana grande, y si no le resulta cómodo caerse desde un globo, o que se le trague la tierra en un terremoto, o quedarse atascada en una chimenea, tendrá que conformarse con imaginarse una situación semejante. Yo preferiría, no obstante, que viviera usted la experiencia en cuestión. Nada ayuda tanto a la imaginación como un conocimiento experimental del asunto a tratar. «La verdad es extraña», sabe usted, «más extraña que la ficción», aparte de ser mucho más apropiada.

Al llegar aquí le aseguré que tenía un magnífico par de ligas y que pensaba colgarme de ellas en la primera oportunidad.

—¡Espléndido! —replicó él—, hágalo; aunque ahorcarse está ya algo visto. Tal vez pueda usted hacer algo mejor. Tómese una buena dosis de píldoras de Brandreth y después venga a explicarnos sus sensaciones. No obstante, mis instrucciones se aplican exactamente igual a cualquier caso de desgracia o accidente, y es perfectamente fácil que antes de llegar a su casa, le golpeen en la cabeza, le atropelle un autobús o le muerda un perro rabioso, o se ahogue en una alcantarilla. Pero continuemos con lo que íbamos diciendo.

—Una vez decidido el tema, debe usted tomar en consideración el tono o estilo de su narración. Existe, por supuesto, el tono didáctico, el tono entusiasta, el tono natural, todos suficientemente conocidos. Pero también está el tono lacónico, o seco, que se ha puesto de moda últimamente. Consiste en escribir con frases cortas. Algo como esto: Nunca se es demasiado breve. Nunca, demasiado mordaz. Siempre, un punto. Jamás, un párrafo.

—También está el tono elevado, difuso e interjectivo. Algunos de nuestros mejores novelistas son adictos a este estilo. Todas las palabras deben ser como un torbellino, como una peonza sonora, y sonar de forma muy parecida, lo que suple muy bien la falta de significado. Este es el mejor estilo que se debe adoptar cuando el escritor tiene demasiada prisa para pensar,

—También es bueno el tono metafísico. Si conoce usted palabras ampulosas, ahora es el momento de utilizarlas. Hable de las escuelas Jónica y Eleática, de Architas, Gorgias y Alcmaeon. Diga algo acerca de lo subjetivo y de lo objetivo. Insulte, por supuesto, a un hombre llamado Locke. Desdeñe usted todo en general, y si algún día se le escapa algo un poco *demasiado* absurdo, no tiene por qué tomarse la molestia de borrarlo, añada simplemente una nota a pie de página, diciendo que está usted en deuda por la profunda observación citada arriba con la *«Kritik der reinem Vernunf»*, o con *«Metaphysische Anfangsgründe der Naturwissenschaft»*. Esto le hará parecer erudita y... y... sincera.

—Hay varios otros tonos igualmente célebres, pero mencionaré tan sólo dos más, el tono transcendental y el tono heterogéneo. En el primero, todo consiste en ver la naturaleza de las cosas con mucha más profundidad que ninguna otra persona. Esta especie de don del tercer ojo resulta muy eficaz cuando se aborda adecuadamente. Leer un poco el *Dial* le ayudará a usted mucho. Evite usted en este caso las palabras altisonantes. Utilícelas lo más pequeñas posible y escríbalas al revés. Ojee los poemas de Channing y cite lo que dice acerca de un «pequeño hombrecillo gordo con una engañosa demostración de Can». Introduzca algo acerca de la Unidad Suprema. No diga ni una sola palabra acerca de la Dualidad Infernal. Sobre todo, trabaje con insinuaciones. Insinúelo todo, no afirme nada. Si tuviera usted el deseo de escribir «pan y mantequilla», no se le ocurra hacerlo de una forma directa. Puede usted decir todo lo que se *aproxime* al «pan y mantequilla». Puede hacer insinuaciones acerca del pastel de trigo negro, e incluso puede usted llegar a hacer insinuaciones acerca del «porridge», pero si lo que quiere usted decir de verdad es pan y mantequilla, sea usted prudente, mi *querida* Miss Psyche, y bajo ningún concepto se le ocurra a usted decir «pan y mantequilla».

Le aseguré que jamás lo haría en toda mi vida. Me besó y continuó hablando:

—En cuanto al tono heterogéneo, no es más que una juiciosa mezcla, a partes iguales, de todos los demás tonos del mundo, y consiste, por lo tanto, en una mezcla de todo lo profundo, extraño, grandioso, picante, pertinente y bonito.

—Supongamos entonces que usted ya ha decidido el tema y el tono a utilizar. La parte más importante, de hecho, el alma de la cuestión, está aún por hacerse. Me refiero al *relleno*. No es lógico suponer que una Dama, ni tampoco un caballero, si a eso vamos, haya llevado la vida de un ratón de biblioteca. Y, no obstante y por encima de todo, es necesario que el artículo tenga un aire de erudición, o al menos pueda ofrecer pruebas de que su autor ha leído mucho. Ahora le explicaré cómo hay que hacer para lograr ese aire. ¡Fíjese! —dijo, sacando tres o cuatro volúmenes de aspecto ordinario y abriéndolos al azar—. Echando un vistazo a casi cualquier libro del mundo, podrá usted percibir de inmediato la existencia de pequeñas muestras de cultura o *bel-esprit-ismo*, que son precisamente lo que hace falta para sazonar adecuadamente un artículo modelo Blackwood. Podría usted ir apuntando unos cuantos, según se los voy leyendo. Voy a hacer dos divisiones: en primer lugar, *Hechos Picantes para la Elaboración de Símiles*, y, en segundo lugar, *Expresiones Picantes para Ser Introducidas Cuando la Ocasión lo Requiera*. ¡Ahora escriba!

Y yo escribí lo que él dictaba.

HECHOS PICANTES PARA HACER SÍMILES.—«Originalmente, no había más que tres musas, Melete, Mneme, Aoede: meditación, memoria y canto.» Puede usted sacar mucho partido de ese pequeño hecho si lo utiliza adecuadamente. Debe saber que no es un hecho demasiado conocido y parece *recherché*. Debe usted poner mucha atención en ofrecer el dato con un aire de total improvisación.

—Otra cosa. «El río Alpheus pasaba por debajo del mar y resurgía sin que hubiera sufrido merma la pureza de sus aguas.» Un tanto manido, sin duda, pero si se adorna y se presenta adecuadamente, parecerá más fresco que nunca.

—Aquí hay algo mejor. «El Iris Persa parece poseer para algunas personas un aroma muy fuerte y exquisito, mientras que para otras resulta totalmente carente de olor.» Esto es espléndido y... ¡muy delicado! Se altera un poco y puede dar un resultado prodigioso. Vamos a buscar algo más en el terreno de la botánica. Nada da mejor resultado que eso, especialmente con la ayuda de un poco de latín. ¡Escriba!

—«*El Epidendrum Flos Aeris*, de Java. Tiene una flor de extraordinaria belleza y sobrevive aún cuando ha sido arrancada. Los nativos la cuelgan del techo y disfrutan de su fragancia durante años.» ¡Esto es magnífico! Con esto ya tenemos suficientes símiles. Procedamos ahora con las Expresiones Picantes.

—EXPRESIONES PICANTES. «La Venerable novela China Ju-kiao-li.» ¡Espléndido! Introduciendo estas pocas palabras con destreza, demostrará usted su íntimo conocimiento de la lengua y literatura chinas. Con la ayuda de esto posiblemente pueda usted arreglárselas sin el árabe, el sánscrito o el chickasaw. No obstante, no se puede uno pasar sin algo de español, latín y griego. Tendré que buscarle algún pequeño ejemplo de cada uno. Cualquier cosa es suficiente, ya que debe usted depender de su ingenio para hacer que encaje en su artículo. ¡Escriba!

—«Aussi tendre que Zaire», tan tierno como Zaire; francés. Alude a la frecuente repetición de la frase *la tendre Zaire*, en la tragedia francesa que lleva ese nombre. Adecuadamente introducida demostrará no sólo su conocimiento de esta lengua, sino también la amplitud de sus lecturas y de su ingenio. Puede usted decir, por ejemplo, que el pollo que estaba comiendo (escriba un artículo acerca de cómo estuvo a punto de asfixiarse por culpa de un hueso de pollo) no resultaba del todo *aussi tendre que Zaire*. ¡Escriba!

Ven muerte tan escondida,
Que no te sienta venir
Porque el placer de morir
No me torne a dar la vida [3]

—Eso es español, de Miguel de Cervantes. Esto puede usted meterlo muy *à propos*, cuando esté usted en los últimos espasmos de la agonía por culpa del hueso de pollo. ¡Escriba!

«Il Pover' huomo che non se'n era accorto,
Andava combattendo, e era morto»

Esto, como sin duda habrá notado, es italiano, de Ariosto. Significa que un gran héroe, en el ardor del combate, sin darse cuenta de que estaba muerto, seguía luchando, muerto como estaba. La aplicación de esto a su propio caso es evidente, ya que espero, Miss Psyche, que dejará usted pasar al menos una hora y media antes de morir ahogada por el hueso de pollo. ¡Escriba, por favor!

«Und sterb', ish doch, so sterb'ich denn
Durch sie durch sie!»

[3] Esta cita y las sucesivas vienen en sus idiomas originales respectivos.

—Esto es alemán, de Schiller. «Y si muero, al menos muero por ti... ¡por ti!» Aquí es evidente que se dirige usted a la *causa* de su desastre, el pollo. De hecho, ¿qué caballero (o si a eso vamos, qué dama) con sentido común *no* moriría, me gustaría saber, por un capón bien engordado de la raza Molucca, relleno de alcaparras y setas, y servido en una ensaladera con gelatina de naranja en *mosaiques*? ¡Escriba! (Los sirven preparados así en Tortoni's.) ¡Escriba, hágame el favor!

—Aquí hay una bonita frase en latín, que además es rara (uno no puede ser demasiado *recherché* ni breve al hacer citas en latín, se está haciendo tan vulgar...): *ignoratio elenchi*. Él ha cometido un *ignoratio elenchi*, es decir, ha comprendido las palabras de lo que ha dicho usted, pero no su contenido. El hombre es un tonto, ¿comprende? Algún pobre idiota al que usted se dirige mientras se ahoga con el hueso de pollo, y que, por lo tanto, no sabe de lo que estaba usted hablando. Tírele a la cara el *ignoratio elenchi* e instantáneamente le habrá usted aniquilado. Si osa replicar, puede usted hacerle una cita de Lucano (aquí está), que los discursos no son más que *anemonae verborum*, palabras anémona. La anémona, a pesar de sus brillantes colores, carece de olor. O, si empieza a ponerse violento, puede caer sobre él con *insomnia Jovis*, el arrobamiento jupiteriano, una frase que Silius Itálicus (fíjese, aquí) aplica a las ideas pomposas y grandilocuentes. Esto, sin duda, le herirá en lo más vivo. No podrá hacer nada mejor que dejarse caer y morir. ¿Tendría usted la amabilidad de escribir?

—En griego tenemos que buscar algo bonito, por ejemplo, algo de Demóstenes.

Ανερο φενων χαι παχλιν μαχεσεται

Existe una traducción tolerablemente buena de esto en Hudibras,

«Porque aquel que huye puede volver a luchar.
Lo que jamás podría hacer el que ha sido muerto.»

En un artículo *Blackwood*, nada queda tan bien como el griego. Las mismas letras tienen un cierto aire de profundidad. ¡Observe tan sólo, Madame, el aspecto astuto de esa épsilon! ¡Esa «pi» debería, sin duda, ser obispo! ¿Puede haber alguien más listo que esa omicrón? ¡Fíjese en esa tau! En pocas palabras, no hay nada como el griego para un artículo de verdadera sensación. En el caso presente, la aplicación que puede usted hacer de esto es de lo más evidente. Lance usted la frase, junto con algún terrible juramento y a modo de ultimátum al villano cabezota e inútil, que fue incapaz de comprender lo que le estaba diciendo en relación con el hueso de pollo. Él aceptará la insinuación y se irá, puede usted estar segura.

Estas fueron todas las instrucciones que el Sr. B. pudo darme acerca de aquel tema, pero, en mi opinión, eran más que suficiente. Al cabo de un tiempo, fui capaz de escribir un genuino artículo de *Blackwood* y decidí seguir haciéndolo a partir de entonces. Al despedirnos, el

Sr. B. me propuso comprarme el artículo una vez que lo hubiera escrito, pero como no podía ofrecerme más que cincuenta guineas por hoja, decidí que sería mejor dárselo a nuestra sociedad, antes que sacrificarlo por una suma tan escasa. A pesar de su tacañería, el caballero tuvo todo tipo de consideración conmigo en los demás aspectos y me trató de hecho con la mayor educación. Sus palabras de despedida se grabaron profundamente en mi corazón, y espero recordarlas siempre con gratitud.

—Mi querida Miss Zenobia —me dijo con los ojos inundados de lágrimas—, ¿existe *cualquier* otra cosa que pueda yo hacer para favorecer el éxito de su laudable labor? ¡Déjeme reflexionar! Cabe dentro de lo posible que no pueda usted, en un cierto margen de tiempo, a... a... ahogarse, o... asfixiarse con un hueso de pollo, o... o... ahorcarse, o... ser mordida por un... ¡pero espere! Ahora que lo pienso, tenemos un par de espléndidos *bulldogs* en el patio, unos animales magníficos, se lo aseguro, salvajes y todo eso... de hecho, son justo lo que usted necesita. En cuestión de cinco minutos se la habrán comido entera, con todo y *aurículas* (aquí tiene usted mi reloj), y ¡piense usted tan sólo en las sensaciones! ¡Tom, Peter, aquí! Dick, maldito seas, deja salir a ésos —pero como yo realmente tenía mucha prisa, y no podía perder ni un minuto más, tuve, muy para mi disgusto, que acelerar mi partida y, en consecuencia, me despedí *inmediatamente*, y de una manera algo más brusca de lo que la cortesía recomienda en otras circunstancias.

Mi objetivo fundamental, una vez terminada mi visita al señor Blackwood, era el meterme en algún tipo de dificultad inmediatamente, siguiendo sus recomendaciones, y con este propósito pasé la mayor parte del día vagando por Edimburgo, en busca de aventuras desesperadas, aventuras que fueran adecuadas a la intensidad de mis emociones, y que se adaptaran a las ambiciosas características del artículo que había decidido escribir. Durante esta excursión me acompañaba un sirviente negro, Pompey, y mi perrita faldera, «Diana», a la que había traído conmigo desde Filadelfia. No obstante, no fue hasta bien entrada la tarde cuando, por fin, tuve éxito en mi ardua empresa. Fue entonces cuando ocurrió un importante suceso, cuya sustancia y resultados son los referidos en el artículo de *Blackwood* que sigue.

UNA SITUACIÓN COMPROMETIDA

«¿Qué mala fortuna, buena dama,
la ha dejado así de desamparada?» (COMUS)

Era una tarde quieta y tranquila cuando salí a las calles de la hermosa ciudad de Edina [4]. La agitación y la confusión que reinaban en las calles eran terribles. Los hombres hablaban. Las mujeres chillaban. Los niños se asfixiaban. Los cerdos gruñían. Los carros traqueteaban. Los toros bramaban. Los caballos relinchaban. Las vacas mugían. Los gatos maullaban a coro. Los perros bailaban. *¡Bailaban!* ¿Sería posible? *¡Bailaban!* Lástima, pensé yo, ¡mis días de bailarina acabaron ya! Así pasa siempre. Qué multitud de tristes recuerdos se agolpan de cuando en cuando en la mente del genio y de la imaginación contemplativa, especialmente en la del genio condenado a la incesante, y eterna, y continua, y podríamos decir, la *continuada*, sí, la continua y continuada, amarga, molesta, preocupante, y si se me permite decirlo, la *muy* atormentadora presencia de la serena, y divina, y celestial, y exaltante, y elevada, y el purificador efecto de lo que podríamos llamar correctamente la más

[4] Edina = es una simplificación de la pronunciación de Edinburgh.

envidiable, la más *verdaderamente* envidiable, ¡qué digo!, la más benignamente hermosa, la más delicadamente etérea, y como aquel que dice la más *bonita* (si se me permite utilizar un término tan atrevido) *cosa* (pido excusas a mis comprensivos lectores) del mundo, pero siempre me dejo llevar por mis emociones. En tal estado de ánimo, repito, ¡qué multitud de recuerdos se agolpan en nuestra mente bajo la influencia de cualquier bagatela! ¡Los perros bailaban! Yo... ¡yo no *podía*! Ellos retozaban... yo lloraba. Ellos hacían cabriolas... yo gemía en voz alta. ¡Conmovedora circunstancia! Que no pueden dejar de traer a la memoria del lector de clásicos aquel exquisito pasaje en relación con la adecuación de las cosas, que aparece al comienzo del tercer volumen de aquella admirable y venerable novela china, el *Jo-Go-Slow* [5].

En mi solitario caminar a través de la ciudad tuve dos humildes pero fieles compañeros. Diana, mi perrita, ¡la más dulce de las criaturas! El pelo le caía sobre uno de los ojos y llevaba una cinta azul elegantemente atada alrededor de su cuello. Diana no media más de cinco pulgadas de altura, pero su cabeza era ligeramente mayor que su cuerpo, y como tenía la cola cortada muy al ras, daba un aspecto de inocencia ofendida que la hacía ser la favorita de todo el mundo.

Y Pompey, ¡mi negro! ¡El dulce Pompey! ¡Cómo podría olvidarle jamás! Yo me había cogido del brazo de Pompey. Medía tres pies de altura (me gusta ser distinta

[5] Hace referencia al capítulo anterior, en que se cita como nombre real, Ju-Kiao-Li, que es fonéticamente semejante a Jo-Go-Slou, que significa, literalmente, Joe, vete despacio.

de los demás) y tenía setenta, o tal vez ochenta años de edad. Tenía las piernas arqueadas y era corpulento. Su boca no era lo que podríamos decir pequeña, ni tampoco sus orejas. No obstante, sus dientes eran como perlas y sus enormes ojos claros eran deliciosamente blancos. La naturaleza había olvidado dotarle de cuello y había dispuesto sus talones (lo que es corriente entre los de su raza) en la mitad de la parte superior de sus pies. Se vestía con llamativa simplicidad. Su única vestimenta consistía en un bastón de unas nueve pulgadas de altura y un abrigo raído casi nuevo que había pertenecido previamente al alto, elegante e ilustre doctor Moneypenny. Era un buen abrigo. Estaba bien cortado. Estaba bien hecho. El abrigo era casi nuevo. Pompey evitaba que tocara el suelo, sujetándolo con ambas manos.

Había tres personas en nuestro grupo, y dos de ellas han sido ya citadas. Había una tercera; esa tercera persona era yo. Yo soy la signora Psyche Zenobia. *No* soy Suky Snobbs. Mi aspecto es imponente. En la memorable ocasión a la que me refiero llevaba puesto un traje de satén carmesí, con un *mantelet* árabe azul cielo. Y el traje tenía adornos de *agraffas*, y siete elegantes faralaes de *aurículas* color naranja. Por lo tanto yo era la tercera persona del grupo. Estaba la perrita. Estaba Pompey. Estaba yo. Éramos *tres*. De la misma forma que se dice que había originalmente sólo tres Furias, Melty, Nimmy y Hetty [6], es decir, meditación, Memoria e interpretación del violín.

[6] Nuevamente hace referencia al capítulo anterior: las furias son en realidad musas, y son Melete, Mneme y Aoede, nombres que son también fonéticamente semejantes a los citados arriba en idioma inglés.

Apoyándome en el brazo del galante Pompey y seguida a respetable distancia por Diana, eché a andar por una de las populosas y muy agradables calles de la ahora desierta ciudad de Edina. De repente vimos ante nosotros una iglesia, una catedral gótica enorme, venerable y con una gran torre que apuntaba hacia el cielo. ¿Qué locura fue la que entonces me poseyó? ¿Por qué fui a toda prisa a encontrarme con mi destino? Me vi inundada por el incontrolable deseo de subir a aquel altísimo pináculo para ver desde allí la inmensa extensión de la ciudad. La puerta de la catedral parecía invitarme a entrar. Prevaleció mi destino. Atravesé aquel ominoso umbral. ¿Dónde estaba entonces mi ángel guardián? Si es que de hecho existe esa clase de ángeles. ¡Sí! ¡Qué inquietante monosílabo! ¡Qué mundo de misterio, de significados y de duda, de incertidumbre, está escondido tras esas dos letras! ¡A través del ominoso umbral! Entré, y sin que mis *aurículas* naranjas sufrieran ningún daño, pasé por debajo del portal, emergiendo en el interior del vestíbulo. De igual forma que se dice que el inmenso río Alfred[7] pasaba ileso y sin mojarse por debaio del mar.

Pensé que la escalera no acabaría nunca. *¡Vueltas!* Sí, daba vueltas y vueltas, y vueltas y vueltas, y vueltas y vueltas, hasta que no pude por menos que suponer, junto con el sagaz Pompey, sobre cuyo brazo me apoyaba con toda la confianza que me daba mi antiguo afecto por él..., no *pude* por menos de suponer que la parte superior de aquella escalera espiral había sido accidentalmente, o tal vez voluntariamente, arrancada. Hice una pausa para

[7] Se refiere al río Alpheus, citado en el capítulo anterior.

recuperar el aliento y en ese momento ocurrió un accidente de una naturaleza excesivamente trascendente desde un punto de vista moral, así como metafísico, como para ser pasado por alto sin más ni más. Me pareció —de hecho estaba casi totalmente segura de ello— que no podía haberme equivocado, ¡no! Llevaba un rato observando atentamente y con gran angustia los movimientos de Diana —insisto en que *no podía* haberme equivocado—. ¡Diana *había olido una rata*! Inmediatamente puse a Pompey al corriente del asunto, y él..., él estuvo de acuerdo conmigo. Entonces ya no había lugar a dudas. La rata había sido olida, y había sido Diana la que lo había hecho. ¡Cielos! ¿Podré olvidar alguna vez la tensa excitación de aquel momento? ¡La rata! —allí estaba—, es decir, estaba por allí en alguna parte. Diana la olía. Yo... ¡*yo no* podía! De la misma manera que se dice que la Isis prusiana [8] tiene para algunas personas un olor dulce y penetrante, mientras que para otras resulta totalmente carente de olor.

Habíamos remontado la escalera y ya no quedaban entre nosotros y la cumbre más de tres o cuatro escalones. Seguimos ascendiendo y pronto no nos quedó más que un escalón. ¡Un escalón! ¡Un pequeño, un diminuto escalón! ¡Hasta qué punto puede llegar a depender la totalidad de la felicidad o de la miseria humana de un pequeño escalón como ése en la gran escalera de la vida! Pensé en mí misma, después en Pompey y después en el misteroso e inexplicable destino que nos rodeaba. ¡Pensé en Pompey!... ¡Ay de mí, pensé en el amor! ¡Pensé en los

[8] Se refiere a la Iris Persa, citada en el capítulo anterior.

pasos [9] que había dado en falso, y que podría volver a dar. Resolví ser más cautelosa, más reservada. Abandoné el brazo de Pompey, y aun sin su ayuda remonté el escalón que faltaba, llegando al campanario. Inmediatamente detrás de mí entró mi perrita. Tan sólo Pompey quedó atrás. Me quedé en la cumbre de la escalera, dándole ánimos para que se reuniera conmigo. Me alargó la mano y, desafortunadamente, al hacerlo se vio obligado a soltar su presa sobre el abrigo. ¿Acaso jamás abandonarán los dioses esta persecución? El abrigo cayó al suelo, y, con uno de sus pies, Pompey pisó los largos faldones de éste. Tropezó y cayó. Fue una consecuencia inevitable. Cayó hacia adelante y me golpeó con su maldita cabeza en medio del... en el pecho, precipitándome, junto con él, al duro, mugriento y detestable suelo del campanario. Pero mi venganza fue firme, repentina y completa. Agarrándole furiosamente por el pelo con ambas manos le arranqué una enorme cantidad de material negro, rígido y rizado, arrojándolo al suelo con el mayor desdén imaginable. Cayó entre las cuerdas que había en el campanario y allí se quedó. Pompey se levantó sin decir una palabra, pero me miró con pena con aquellos grandes ojos y... suspiró... ¡Oh, dioses!... ¡Qué suspiro! Se clavó en mi corazón. Y aquel pelo... ¡Aquella lana! Si hubiera podido la hubiera bañado con mis lágrimas, como testimonio de mi arrepentimiento. Pero, pobre de mí, estaba totalmente fuera de mi alcance el hacerlo. Al verlo colgar de las cuerdas de la campana me pareció como si estuviera vivo. Me pareció

[9] Pasos en inglés es «steps», que significa también escalón.

que se ponía erecto de indignación. Al igual que la *happy-dandy Flos Aeris* [10] de Java, produce una hermosísima flor que vive aunque la planta haya sido arrancada. Los nativos la cuelgan del techo y disfrutan de su fragancia durante años.

Nuestra disputa había llegado a su fin, y miramos a nuestro alrededor en busca de alguna abertura a través de la cual pudiéramos ver la ciudad de Edina. No había ninguna ventana. La única luz que conseguía penetrar en aquella cámara tenebrosa procedía de una abertura cuadrada, de aproximadamente un pie de diámetro, que estaba como a unos siete pies del suelo. Pero, ¿qué hay que no pueda llevar a cabo la energía del genio verdadero? Decidí trepar hasta aquel agujero. Cerca del agujero, en el lado opuesto, había una gran cantidad de ruedas, piñones y demás maquinaria de aspecto cabalístico, y a través del agujero pasaba una barra de hierro procedente de ésta. Entre las ruedas y la pared donde estaba el agujero no quedaba prácticamente sitio para pasar, pero yo estaba desesperada y decidida a seguir adelante. Llamé a Pompey.

—Te habrás fijado en esa abertura, Pompey. Quiero ver lo que hay al otro lado. Ponte aquí, debajo del agujero..., así. Ahora pon una mano, Pompey, y permíteme que me suba encima..., así. Ahora, la otra mano, Pompey, y con su ayuda podré subirme sobre tus hombros.

Él hizo todo lo que yo deseaba, y descubrí, una vez arriba, que podía pasar fácilmente la cabeza y el cuello a través de la abertura. La vista era sublime. Nada podría

[10] Se refiere a la *Epidendorum Flos Aeris*, citada en el capítulo anterior.

haber sido más magnífico. Me entretuve un momento pidiéndole a Diana que se portara bien, y asegurando a Pompey que actuaría con consideración y procuraría no pesarle demasiado. Le dije que sería tierna con sus sentimientos, *ossi tender que beef-steak* [11]. Habiendo cumplido este acto de justicia para con mi fiel amigo, me lancé con gran ímpetu y entusiasmo al disfrute de la escena que tan generosamente se extendía ante mis ojos.

Sobre este tema, no obstante, no voy a extenderme. No voy a describir Edimburgo. Todo el mundo ha estado en Edimburgo, la Edina clásica. Me limitaré a describir los angustiosos detalles de mi propia y lamentable aventura. Habiendo satisfecho en cierta medida mi curiosidad acerca de la extensión, situación y el aspecto general de la ciudad, tuve tiempo suficiente para examinar la iglesia en la que estaba y la delicada arquitectura de la torre. Observé que la abertura a través de la cual había sacado la cabeza era la abertura de la esfera de un reloj gigante, que desde la calle debía parecer un enorme agujero para meter una llave, como los que vemos en las esferas de los relojes franceses. Sin duda, su función verdadera era la de permitir el paso del brazo del encargado cuando hiciera falta ajustar las agujas del reloj desde dentro. Observé también con gran sorpresa las inmensas dimensiones de las citadas agujas, la más larga de las cuales debía medir no menos de diez pies de largo y ocho o nueve pulgadas de ancho en la parte más gruesa. Parecían ser de acero macizo, y sus bordes, afilados. Habiendo observado estos detalles, y algunos otros, vol-

[11] Se refiere a la frase *aussi tendre que Zaire*, citada en el capítulo anterior.

ví de nuevo la vista hacia la gloriosa perspectiva que se extendía ante mí, quedándome absorta en su contemplación.

Al cabo de algunos minutos me vi arrancada de mi arrobamiento por la voz de Pompey, que declaraba que no podía aguantar más y que me pedía que hiciera el favor de bajarme. Aquello me pareció poco razonable, y así se lo dije con un discurso relativamente extenso. Él me replicó, demostrando una clara falta de comprensión de mis ideas acerca del tema. En consecuencia, me irrité y le dije en pocas palabras que era un idiota, que acababa de cometer un *ignoramus e-clench-eye* [12], que sus ideas no eran más que *insommary Bovis* [13] y que sus palabras eran poco más que *an enneimywerrybor'em* [14]. Con esto pareció quedar satisfecho y yo continué con mis contemplaciones.

Debió ser como media hora después de este altercado, estando yo profundamente absorta en el celestial paisaje que se extendía a mis pies, cuando fui sorprendida por la suave presión en mi cogote de algo muy frío. No hace falta decir que me sentí extraordinariamente alarmada. Yo sabía que Pompey estaba bajo mis pies y que Diana, siguiendo mis muy explícitas instrucciones, estaba sentada sobre sus patas traseras, en el rincón más alejado de la habitación. ¿Qué podría ser? ¡Ay de mí! Rápidamente descubrí lo que era. Volviendo cuidadosamente la cabeza hacia un lado percibí, horrorizada, que la inmensa, brillante y acerada aguja del minutero del re-

[12] *Ignoratio elenchi*, ver capítulo anterior.

[13] *Insomnia Jovis*, ver capítulo anterior.

[14] *Anemonae Verborum*, ver capítulo anterior.

loj había, al cabo de su vuelta, *descendido sobre mi cuello*. Yo sabía que no había un instante que perder. Intenté retirar la cabeza, pero era demasiado tarde. No había posibilidad de pasar la cabeza a través de la boca de aquella terrible trampa en la que había caído, que se hacía progresivamente más estrecha con una más horrible rapidez de lo que concebirse pueda. La agonía de aquel momento es inimaginable. Eché mis brazos hacia arriba e intenté con todas mis fuerzas empujar hacia arriba aquella pesada barra de hierro. Igual hubiera sido intentar levantar la catedral. Y bajaba, y bajaba, y seguía bajando, cerca, más cerca y cada vez más cerca. Le grité a Pompey que me ayudara, pero él dijo que yo había herido sus sentimientos llamándole «tocino ignorante». Le grité a Diana, pero ella se limitó a decir: «¡Guau, guau, guau!», ya que yo le había dicho: «Bajo ningún concepto se te ocurra moverte de ese rincón.» Así, pues, no podía esperar ayuda alguna de mis compañeros.

Mientras tanto, la pesada y terrorífica *Guadaña del Tiempo* (y sólo entonces pude comprender literalmente el contenido de aquella frase clásica) no se había detenido, ni parecía probable que lo hiciera, en su recorrido. Bajaba y seguía bajando. Ya se había enterrado su afilado borde una pulgada en mi carne, y mis sensaciones empezaron a ser confusas e indistintas. Por un momento me parecía estar en Filadelfia, con el arrogante doctor Moneypenny, e inmediatamente después me parecía estar en el salón trasero del señor Blackwood, recibiendo sus inapreciables consejos. Y de nuevo se presentaba ante mí el dulce recuerdo de antiguos y mejores tiempos, y pensaba en aquella feliz época en la que el mundo no era un desierto y Pompey no era totalmente cruel.

El tictac de la maquinaria me divertía. *Me divertía*, digo, dado que mis sensaciones bordeaban ya la perfecta felicidad e incluso las más mínimas bagatelas me procuraban placer. El eterno *click-clack, click-clack, click-clack* resultaba una dulce música para mis oídos, e incluso ocasionalmente me recordaba los elegantes sermones-arenga del doctor Ollapod. Después estaban los enormes números de la esfera, ¡qué inteligentes, qué intelectuales parecían todos! Y finalmente todos se pusieron a bailar la mazurca, y me parece recordar que era el número 5 el que lo hizo más a mi gusto. Era, evidentemente, una dama de alta cuna. Nada de vacilaciones y nada que no fuera delicadeza había en sus movimientos. Hacía la pirueta admirablemente, girando alrededor de su vértice. Intenté acercarle una silla, ya que parecía fatigada por sus esfuerzos, y tan sólo en aquel momento percibí totalmente lo lamentable de mi situación. ¡A fe mía que era lamentable! La barra se había enterrado ya dos pulgadas en mi cuello. Me sentí invadida por una sensación de exquisito dolor.

Recé pidiendo la muerte, y, sumida en la agonía del momento, no pude evitar el repetir aquellos exquisitos versos del poeta Miguel de Cervantes:

Vanny Buren, tan escondida
Quey no te senty venny
Pork and pleasure, delly morry
Nommy, torny, darry, widdy! [15]

[15] Ver capítulo anterior, página 85 (N. del T.)

Pero entonces se presentó ante mí un nuevo horror, y en verdad que era un horror como para destrozar los nervios al más templado. Mis ojos, debido a la cruel presión ejercida por la máquina, estaban empezando a salírseme de las órbitas. Mientras estaba pensando cómo me las iba a poder apañar sin ellos, uno se me salió de hecho y, rodando por el lado inclinado de la torre, fue a alojarse en el canalón que recorría los aleros del edificio principal. La pérdida de un ojo no me afectó tanto como el aire de insolencia, independencia y desprecio con el que me miraba una vez que estuvo fuera. Yacía ahí en el canalón, justo debajo de mis narices, y los aires que se daba hubieran sido ridículos de no haber sido tan repugnantes. Jamás se había visto tanto guiño y tanto parpadeo. Aquel comportamiento por parte de mi ojo en el canalón no resultaba irritante tan sólo debido a su manifiesta insolencia y su vengonzosa ingratitud, sino que resultaba también extraordinariamente inconveniente debido a la simpatía que siempre existe entre dos ojos de una misma cabeza, por separados que estén. Me vi obligada, en cierto modo, a guiñar y parpadear con el otro ojo en exacta correspondencia con aquella cosa descarada que yacía justo bajo mi nariz. No obstante, finalmente me vi libre de esta situación, al caérseme el otro ojo. En su caída siguió el mismo recorrido (posiblemente lo habrían concertado de antemano) que su compañero. Los dos salieron rodando del canalón juntos y, la verdad sea dicha, me alegré mucho de perderlos de vista.

La barra había penetrado ya en mi cuello cuatro pulgadas y media, y no quedaba más que un hilillo de piel por cortar. Mi reacción fue de total alegría, ya que sentía que como mucho, en unos pocos minutos, me vería libre de aquella desagradable situación. Y mi esperanza no se vio defraudada. Precisamente a las cinco y veinticinco de la tarde, el inmenso minutero había avanzado lo suficiente como para cortar el escaso remanente que quedaba de mi cuello. No sentí ninguna tristeza al ver separarse de mí definitivamente aquella cabeza que tanta vergüenza me había producido. Primero rodó por el costado del campanario, luego se alojó durante algunos segundos en el canalón y después cayó violentamente en medio de la calle.

Confesaré con toda candidez que en aquel momento mis sensaciones eran de lo más singular, es más, de lo más misteriosas, de un carácter de lo más desconcertante e incomprensible. Mis sentidos estaban simultáneamente aquí y allá. Con mi cabeza imaginaba un momento que yo, la cabeza, era la verdadera Signora Psyche Zenobia; al momento siguiente estaba plenamente convencida de que yo, mi cuerpo, era la verdadera identidad. Para aclarar mis ideas busqué en mi bolsillo la cajita de rapé, pero al encontrarla, intentando llevarme un pellizco de su delicioso contenido a la nariz, como es habitual, me di rápidamente cuenta de mi particular deficiencia, lanzando inmediatamente la caja a mi cabeza. Ésta cogió un pellizco con gran satisfacción y me dirigió a cambio una sonrisa de agradecimiento. Poco después me lanzó un discurso que pude oír tan sólo indistintamente al carecer de orejas. No obstante, capté lo suficiente como para saber que estaba asombrada de que yo deseara seguir viviendo en semejantes circunstancias. En sus frases finales citó las nobles palabras de Ariosto:

Il pover hommy che non sera corty
And have a combat tenty erry morty [16]

comparándome así a aquel que en el calor del combate, no dándose cuenta de que estaba muerto, siguió adelante luchando con inextinguible valor. Ya no había nada que me impidiera bajarme de donde estaba, y así lo hice. Todavía no he sido capaz de averiguar qué fue lo que vio de *raro* Pompey en mi aspecto. El pobre individuo abrió la boca de oreja a oreja y cerró los ojos como si estuviera intentando cascar nueces con los párpados. Finalmente, lanzando lejos de sí el abrigo, echó a correr hacia la escalera y desapareció. Lancé tras él estas vehementes palabras de Demóstenes:

Andrew O'Phlegethon, you really make haste to fly [17].

y después me volví hacia el amor de mi vida, ¡a mi tuertecita! A mi lanuda Diana. ¡Ay de mí! ¿Qué horrible visión se presentó ante mis ojos? ¿Acaso *fue* una rata lo que vi arrastrarse hasta su agujero? ¿Son éstos acaso los roídos huesos de mi pequeño ángel, cruelmente devorado por el monstruo? ¡Oh, dioses! ¿Y qué *es* lo que veo?... ¿*Es* eso acaso el espíritu, la sombra, el fantasma de mi

[16] Ver capítulo anterior, página 85
[17] Ver capítulo anterior, página 87 (N. del T.)

adorada perrita, que tan melancólicamente está sentado en aquel rincón? ¡Escuchad! ¡Habla! Y, ¡cielos!, habla en el alemán de Schiller:

Unt stubby duk, so stubby dun
Duck she! duck she!

¡Ay de mí! Demasiada verdad son sus palabras:

Y si morí al menos fue
¡por ti!... ¡por ti!

¡Dulce criatura! *También* ella se ha sacrificado por mí. Sin perra, sin negro, sin cabeza, ¿qué queda *ya* para la infeliz Signora Psyche Zenobia? ¡Ay de mí! *¡Nada!* He terminado.

LA PÉRDIDA DEL ALIENTO

Una historia que no es de «Blackwood»
ni lo ha sido nunca

¡Oh, no respires!, etc.— Melodías de MOORE

—¡Oh, tú, desgraciada! ¡Oh, tú, zorra! ¡Oh, tú, víbora! —le dije a mi mujer a la mañana siguiente de nuestra boda—. ¡Oh, tú, bruja! ¡Oh, tú, espanto! ¡Tú, bocazas! ¡Apestas a iniquidad! ¡Oh, tú, quintaesencia de todo lo que es abominable! Tú... tú...

En ese momento la agarré por el cuello, me puse en puntillas, y acercando mi boca a su oído estaba a punto de dirigirle un nuevo epíteto oprobioso, que inevitablemente la hubiera convencido, de haberlo podido pronunciar, de su insignificancia, cuando con gran horror y asombro descubrí que *yo había perdido la respiración*.

Las frases «me he quedado sin respiración», «he perdido el aliento», aparecen con bastante frecuencia en las conversaciones normales; pero jamás se me hubiera podido ocurrir el pensar que el terrible accidente al que me refiero pudiera de hecho *bona fide* ocurrir.

Imagínense ustedes, es decir, si son ustedes personas imaginativas; imagínense, digo, mi asombro, mi consternación, mi desesperación.

Tengo una virtud, no obstante, que nunca me ha abandonado del todo. Incluso en mis más ingobernables estados de ánimo, mantengo aún mi sentido de la propiedad, *et le chemin des passions me conduit*, como a Lord Edouard en «Julie», *à la philosopie véritable*.

Aunque al principio no pude verificar hasta qué punto me había afectado aquel suceso, decidí ocultárselo a toda costa a mi mujer hasta que ulteriores experiencias me revelaran la extensión de mi asombrosa calamidad. Por lo tanto, alterando al instante la expresión de mi cara, y sustituyendo mis congestionadas y distorsionadas facciones por un gesto de traviesa y coqueta benignidad, le di a mi dama una palmadita en una mejilla y un beso en la otra, y sin pronunciar una sílaba (¡demonios, no podía!) la dejé asombrada por mi extraño comportamiento y salí haciendo las piruetas de un *pas de zephyr*.

Imagínenme entonces a salvo en mi *boudoir* privado, un terrible ejemplo de las malas consecuencias de la irascibilidad: vivo, pero con todas las características de los muertos; muerto, pero con todas las inclinaciones de los vivos. Una verdadera anomalía sobre la faz de la tierra, totalmente calmado pero sin respiración.

¡Sí! Sin respiración. Hablo en serio al afirmar que carecía por completo de respiración. No hubiera podido mover ni una pluma con ella, aunque mi vida hubiera estado en juego, ni siquiera hubiera podido empañar la delicadeza de un espejo. ¡Cruel destino! Aun así hallé algo de consuelo a mi primer paroxismo de dolor. Descubrí, después de mucho probar, que mi capacidad de hablar que, a la vista de mi incapacidad para continuar la conversación con mi esposa, había creído desaparecida por completo, estaba sólo parcialmente disminuida, y descubrí que si en el transcurso de aquella interesante crisis hubiera intentado hablar con un tono singularmente profundo y gutural, podría haber seguido comunicándole mis sentimientos a ella; y que este tono de voz (el gutural) no depende, por lo que pude ver, de la corriente de aire provocada por la respiración, sino de ciertos movimientos espasmódicos de los músculos de la garganta.

Dejándome caer sobre una silla estuve durante cierto tiempo sumido en la meditación. Mis reflexiones no eran, no cabe duda, precisamente consoladoras. Un millar de imágenes vagas y lacrimosas se apoderaron de mi alma, e incluso pasó por mi imaginación la idea del suicidio; pero es una característica de la perversidad de la naturaleza humana el rechazar lo obvio y lo inmediato a cambio de lo equívoco y lo lejano. Así, pues, me eché a temblar ante la idea de mi auto-asesinato, considerándola decididamente una atrocidad, mientras la gata ronroneaba a todo meter sobre la alfombra y el mismo perro de aguas jadeaba con gran asiduidad debajo de la mesa, atribuyéndole ambos un gran valor a la fuerza de sus pulmones y haciéndolo todo con el evidente propósito de burlarse de mi incapacidad.

Oprimido por un tumultuoso alud de vagas esperanzas y miedos, oí por fin los pasos de mi esposa que descendía por la escalera. Estando ya seguro de su ausencia, volví con el corazón palpitante a la escena de mi desastre.

Cerrando cuidadosamente la puerta desde dentro, inicié una intensa búsqueda. Era posible, pensaba yo, que oculto en algún oscuro rincón o escondido en algún cajón o armario pudiera encontrar aquel objeto perdido que buscaba. Tal vez tuviera forma vaporosa, incluso era posible que fuera tangible. La mayor parte de los filósofos son muy poco filosóficos con respecto a muchos aspectos de la filosofía. No obstante, William Godwin dice en su *Mandeville* que «las únicas realidades son las cosas invisibles», y esto, como estarán todos ustedes de acuerdo, era un caso típico. Me gustaría que el lector juicioso lo pensara bien antes de afirmar que tal aseveración contiene una injustificada cantidad de lo absurdo. Anaxágoras, como todos recordarán, mantenía que la nieve es negra, y desde entonces he tenido ocasión de comprobar que esto es cierto.

Durante largo tiempo continué investigando con gran ardor, pero la despreciable recompensa que obtuvo mi perseverancia no fue más que una dentadura postiza, dos pares de caderas, un ojo y cierto número de *billets-doux* que el señor Windenough había mandado a mi esposa. Tal vez sea oportuno señalar que esta confirmación de las inclinaciones que mi dama sentía por el señor W. me produjeron poco desasosiego. Que la señora Lackobreath admirara algo tan distinto de mí era un mal natural y necesario. Yo soy, como todo el mundo sabe, de aspecto robusto y corpulento, siendo, al mismo tiempo, de estatura un tanto baja. ¿A quién puede entonces extrañar que aquel conocido mío, delgado como una espingarda y de una estatura que ha llegado a convertirse en proverbial, encontrara gran estima a los ojos de la señora Lackobreath? Sin ser correspondido, no obstante.

Mi trabajo, como ya había dicho antes, resultó infructuoso. Armario tras armario, cajón tras cajón, rincón tras rincón, fueron examinados sin conseguir nada. No obstante, en una ocasión, me pareció haber encontrado lo que buscaba, habiendo roto accidentalmente, al hurgar en una cómoda, una botella de aceite de los Arcángeles de Grandjean, el cual, siendo como es un agradable perfume, me tomo aquí la libertad de recomendarles.

Con un gran peso en el corazón volví a mi *Boudoir* para buscar allí algún método para eludir la agudeza de mi esposa hasta que pudiera hacer los arreglos necesarios antes de abandonar el país, porque a este respecto ya había tomado una decisión. En un clima extraño, siendo un desconocido, tal vez podría, con un cierto margen de seguridad, intentar ocultar mi desgraciada calamidad: una calamidad calculada, más aún incluso que la miseria, para privarnos de los afectos de la multitud y para traer sobre el pobre desgraciado la muy merecida indignación de la gente feliz y virtuosa. Mis dudas duraron poco. Siendo por naturaleza un hombre de decisiones rápidas, me grabé en la memoria la tragedia completa de *Metamora*. Tuve la buena suerte de recordar que en la acentuación de este drama o, al menos, en la parte correspondiente al héroe, los tonos de voz que eran para mí inalcanzables, resultaban innecesarios, y que el tono que debía prevalecer monótonamente a todo lo largo de la obra era el gutural profundo.

Practiqué durante algún tiempo a la orilla de un pantano muy frecuentado. En este caso, no obstante, careciendo de toda referencia a que Demóstenes hubiera hecho algo similar, y más bien llevado por una idea particular y conscientemente mía. Cubiertas así mis defensas, decidí hacer creer a mi esposa que me había visto súbitamente asaltado por una gran pasión por el escenario. En esto mi éxito tuvo las proporciones de un milagro, y me encontré en libertad de replicar a todas sus preguntas o sugestiones con algún pasaje de la tragedia en mis tonos más sepulcrales y parecidos al croar de una rana, lo que, según pude observar, se podía aplicar a casi cualquier circunstancia con buenos resultados. No obstante, no se debe suponer que al recitar los dichos pasajes prescindía de mirar con los ojos entrecerrados, de enseñar los dientes, de mover mis rodillas, de arrastrar los pies o de hacer cualquiera de esas gracias innominables que ahora se consideran con justicia características de un actor popular. Desde luego hablaron de ponerme la camisa de fuerza, pero, ¡bendito sea Dios!, jamás sospecharon que me hubiera quedado sin respiración.

Finalmente, habiendo puesto en orden mis asuntos, me senté a muy temprana hora de la mañana en el correo que iba a..., dejando entrever, entre mis amistades, que asuntos de la mayor importancia requerían mi inmediata presencia en aquella ciudad.

El coche estaba absolutamente atestado, pero en la incierta penumbra no había forma de distinguir las facciones de mis compañeros de viaje. Sin oponer ninguna resistencia acepté el ser colocado entre dos caballeros de colosales proporciones; mientras que un tercero, una talla mayor, excusándose por la libertad que iba a tomarse, se arrojó sobre mi cuerpo a todo lo largo que era y, durmiéndose al instante, ahogó todas mis protestas en un ronquido que hubiera hecho enrojecer de vergüenza a los bramidos del toro de Phalaris. Afortunadamente, el estado de mis facultades respiratorias convertía la muerte por asfixia en un accidente totalmente fuera de la cuestión.

No obstante, al ir aumentando la luz al acercarnos a la ciudad, mi torturador se levantó, y ajustándose el cuello de la camisa, me dio las gracias muy amistosamente por mi amabilidad. Viendo que yo permanecía inmóvil (todos mis miembros estaban dislocados y mi cabeza vuelta hacia un lado), empezó a sentir cierta aprensión, y despertando al resto de los pasajeros les comunicó con tono muy decidido que en su opinión les habían metido durante la noche a un hombre muerto a cambio de un hombre vivo y responsable, que además era su compañero de viaje; al llegar aquí me dio un puñetazo en el ojo derecho, a modo de demostración de la veracidad de sus palabras.

A raíz de esto todos creyeron su deber de tirarme de la oreja uno por uno (había nueve en total). Un joven médico, habiendo aplicado un espejo de bolsillo a mi boca, y al encontrarme carente de respiración, afirmó que lo que había dicho mi perseguidor era cierto, y todo el grupo expresó su determinación de no aguantar pacíficamente tales imposiciones en el futuro y de no dar un solo paso más de momento con un cadáver a cuestas.

En consecuencia, fui arrojado fuera bajo la señal del «Crow» (taberna por delante de la cual pasaba casualmente el coche en aquel momento), sin más contratiempos que la fractura de mis dos brazos, por encima de los cuales pasó la rueda trasera izquierda del vehículo. También debo hacer justicia al conductor y decir aquí que no se le olvidó tirar detrás de mí el mayor de mis baúles, que cayó desgraciadamente sobre mi cabeza y me fracturó el cráneo de una forma a la vez interesante y extraordinaria.

El dueño del «Crow», que es un hombre hospitalario, al verificar que había en mi baúl más que suficiente para indemnizarle por cualquier molestia que pudiera tomarse, mandó buscar a un cirujano amigo suyo y me puso en sus manos, junto con una factura y un recibo por diez dólares.

El comprador me llevó a sus habitaciones y empezó inmediatamente con las operaciones. Una vez que hubo cortado mis orejas, no obstante, descubrió señales de vida. Hizo sonar entonces la campana y mandó a buscar a un farmacéutico de la vecindad para consultarle. Por si sus sospechas con respecto a mi estado resultaban finalmente confirmadas, él, mientras tanto, realizó una incisión en mi estómago, guardándose varias vísceras para hacer la disección en privado.

El farmacéutico tenía la impresión de que yo estaba muerto de verdad. Yo intenté refutar esta idea pateando y agitándome con todas mis fuerzas, y haciendo todo tipo de furiosas contorsiones, ya que las operaciones del quirófano me habían devuelto en cierta medida a la posesión de mis facultades. No obstante, todos mis esfuerzos fueron atribuidos a los efectos de una nueva pila galvánica, con la cual el farmacéutico, que es un hombre realmente informado, realizó diversos experimentos curiosos, en los cuales, debido a la parte que yo jugaba en ellos, no pude evitar el sentirme profundamente interesado. No obstante, era para mí una fuente de gran mortificación el que, a pesar de haber hecho varios intentos por hablar, mis poderes en ese sentido estuvieran tan disminuidos que ni siquiera podía abrir la boca; mucho menos, por lo tanto, dar la réplica a algunas ingeniosas pero fantásticas teorías, a las cuales, en otras circunstancias, mi profundo conocimiento de la patología Ipocrática podría haber suministrado una rápida refutación.

Incapaz de llegar a ninguna conclusión, los dos hombres decidieron conservarme para ulteriores exámenes. Fui trasladado a una buhardilla, y una vez que la mujer del cirujano me hubo puesto calzoncillos y calcetines, y el propio cirujano me hubo atado las manos y la mandíbula con un pañuelo de bolsillo, cerraron la puerta desde fuera y se fueron a toda prisa a comer, dejándome solo y sumido en el silencio y la meditación.

Descubrí entonces, con gran satisfacción, que podría haber hablado de no haber tenido la mandíbula atada con el pañuelo. Consolándome con esta idea estaba recitando mentalmente algunos pasajes de la *Omnipresencia de la Deidad*, como tengo por costumbre hacer antes de entregarme al sueño, cuando dos gatos de temperamento veraz y vituperable que acababan de entrar por un agujero de la pared, saltaron haciendo una cabriola *a la Catalani* y, aterrizando cada uno a un lado de mi cara, se enzarzaron en una indecorosa discusión por la negligible posesión de mi nariz.

Pero, al igual que la pérdida de sus orejas, supuso el ascenso al trono de Cirus, el Magián o Mige-gush de Persia, y al igual que la pérdida de su nariz, dio a Zopyrus la posesión de Babilonia, así la pérdida de unas pocas onzas de mis facciones, resultaron ser la salvación de mi cuerpo. Excitado por el dolor y ardiente de indignación, rompí al primer intento mis ataduras y el vendaje. Mientras cruzaba el cuarto, dirigí una mirada de desprecio a los beligerantes, y abriendo la ventana, con gran horror y desilusión por su parte, me precipité por ella, con gran destreza.

El ladrón de correos W..., con quien yo tenía singular parecido, estaba en aquel momento en tránsito desde la cárcel de la ciudad al cadalso erigido para su ejecución en los suburbios. Su extrema debilidad y su perenne mala salud le habían supuesto el privilegio de ir sin esposas y vestido con su traje de ahorcado, muy similar al mío; yacía cuan largo era en el fondo del carro del verdugo (que casualmente estaba bajo las ventanas del cirujano en el momento de mi caída), sin más guardia que el conductor, que iba dormido, y dos reclutas del sexto de infantería, que estaban borrachos: Quiso mi mala suerte que cayera en pie al interior del vehículo. W..., que era un individuo con grandes reflejos, vio su oportunidad. Saltando inmediatamente, salió del carro, y metiéndose por una callejuela, se perdió de vista en un abrir y cerrar de ojos. Los reclutas, despertados por la agitación, fueron incapaces de captar la transacción. Viendo, no obstante, a un hombre exactamente igual que el felón en pie en medio del carro ante sus ojos, llegaron a la conclusión de que el muy sinvergüenza (refiriéndose a W...) estaba intentando escapar (así fue como se expresaron), y después de comunicarse el uno al otro esta opinión, echaron un trago de aguardiente cada uno y después me derribaron con las culatas de sus mosquetes.

No tardamos mucho en llegar a nuestro destino. Por supuesto, no había nada que decir en mi defensa. Mi destino inevitable era ser colgado. Me resigné a ello, por lo tanto, con una sensación medio estúpida, medio sarcástica. Siendo poco cínico, sentía aproximadamente lo mismo que sentiría un perro. El verdugo, no obstante, ajustó el lazo alrededor de mi cuello. La trampilla se abrió.

Me abstendré de describir mis sensaciones en la horca, aunque sin duda podría hablar al respecto, y es un tema sobre el que nadie ha sabido hablar con propiedad. De hecho, para escribir acerca de semejante tema, es necesario haber sido ahorcado. Los autores deberían limitarse a hablar de temas sobre los que han tenido experiencia. Así fue como Marco Antonio compuso un tratado acerca de cómo emborracharse.

Podía, no obstante, mencionar, aunque sólo sea de pasada, que no me sobrevino la muerte. Mi cuerpo estaba allí, pero no tenía respiración que perder, aun colgado, y si no hubiera sido por el nudo que había bajo mi oreja izquierda (que, por la textura, parecía ser de procedencia militar), me atrevería a decir que no hubiera experimentado casi ninguna molestia. En cuanto al tirón que sufrió mi cuello con la caída, resultó simplemente un correctivo para la torcedura que me había producido el caballero gordo del coche.

No obstante, y con muy buenos motivos, hice todo lo que pude porque la multitud presenciara un espectáculo digno de las molestias que se habían tomado. Según dicen, mis convulsiones fueron extraordinarias. Mis espasmos hubieran sido difíciles de superar. El populacho pedía un *encore*. Varios caballeros se desmayaron y una gran multitud de damas tuvieron que ser llevadas a sus casas con ataques de histeria. Pinxit se aprovechó de la oportunidad para retocar, a partir de un bosquejo que hizo allí mismo, su admirable cuadro del Marsyas siendo desollado vivo.

Cuando ya les hube procurado suficiente diversión, consideraron que sería lo más adecuado quitar mi cuerpo de la horca, tanto más cuanto que el verdadero reo había sido capturado y reconocido entre tanto, hecho que yo tuve la mala suerte de no conocer.

Por supuesto que todo el mundo manifestó gran simpatía por mí, y ya que nadie reclamó mi cuerpo, se ordenó que fuera enterrado en un panteón público.

Allí, después de un intervalo de tiempo adecuado, fui depositado. El sacristán se fue y me quedé solo. Una frase del *Descontento*, de Marston:

«La muerte es un buen muchacho, y siempre tiene las puertas abiertas...»

me pareció en aquel momento una abominable mentira.

No obstante, arranqué la tapa de mi ataúd y salí. Aquel lugar era tremendamente siniestro y húmedo [...] me empecé a sentir repleto de *ennui*. A modo de entretenimiento, anduve a ciegas entre los numerosos ataúdes, dispuestos en orden a mi alrededor. Los bajaba uno por uno, y abriéndolos, me dedicaba a especular acerca de las muestras de mortalidad que habitaban en su interior.

Esto monologaba yo, tropezando con un cadáver congestionado, hinchado y rotundo:

«Esto ha sido, sin duda, en el más amplio sentido de la palabra, un hombre infeliz, desafortunado. Ha sido su terrible suerte el no poder andar normalmente, sino anadear, pasar por la vida no como un ser humano, sino como un elefante; no como un hombre, sino como un rinoceronte.

»Sus intentos de moverse en la vida han sido abortados, sus movimientos circungiratorios, un palpable fracaso. Intentando dar un paso hacia adelante ha tenido la desgracia de dar dos a la derecha y tres a la izquierda. Sus estudios se limitan a la poesía de Crabbe. No puede haber tenido ni idea de lo maravilloso de una *pirouette*. Para él, un *pas de papillon* no ha sido más que un concepto en abstracto. Jamás ha llegado a la cumbre de una colina. Jamás ha podido divisar desde lo alto de un campanario la gloria de ninguna metrópolis. El calor ha sido su enemigo mortal. En los días de perros, sus días han sido los días de un perro. En ellos ha soñado con llamas y ahogos, con montañas y más montañas, con Pelion sobre Ossa. Siempre le faltaba la respiración, en una palabra, le faltaba la respiración. Le parecía extravagante tocar instrumentos de viento. Él fue el inventor de los abanicos semovientes, las velas de viento y los ventiladores. Patrocinó a Du Pont, el fabricante de fuelles, y murió miserablemente al intentar fumarse un cigarro. Su caso era uno por el que yo sentía gran interés y con el que simpatizaba en gran medida.

»Pero aquí —dije yo—, aquí, arrastrando despreciativamente de su receptáculo una forma alta, delgada y de aspecto peculiar, cuya notable apariencia me hizo sentir una indeseada sensación de familiaridad, aquí hay un desgraciado que no tiene derecho a esperar ninguna conmiseración terrena.»

Al decir esto, y para conseguir una más clara visión del individuo, le sujeté por la nariz con el pulgar y el índice, y haciéndole asumir sobre el suelo la posición de sentado, le mantuve así, con mi brazo extendido, mientras continuaba mi soliloquio.

«Que no tiene derecho —repetí— a esperar ninguna conmiseración terrena. En efecto, ¿a quién se le podría ocurrir tener compasión de una sombra? Lo que es más, ¿acaso no ha disfrutado él ya de una parte más que suficiente de los bienes de la mortalidad? Él fue el origen de los monumentos elevados, altas torres, pararrayos, álamos de Italia. Su tratado acerca de «Tonos y Sombras» le ha inmortalizado. Editó con distinguida habilidad la última edición de «Al sur en el Bones». Fue joven a la Universidad y estudió Ciencias Neumáticas. Después volvió a casa, hablaba incesantemente y tocaba la trompa. Favorecía el uso de la gaita. El capitán Barclay, que caminó contra el Tiempo, fue incapaz de caminar contra él. Windham y Allbreath eran sus escritores favoritos. Su artista favorito, Phiz. Murió gloriosamente mientras inhalaba gas, *levique flatu corrupitur*, como la *fama pudicitiae en Hieronymus* [18]. Era indiscutiblemente un...

—¿*Cómo* se atreve? ¿*Cómo* se atreve? —me interrumpió el objeto de mi animadversión, jadeando y arrancándose con un esfuerzo desesperado la venda que rodeaba sus mandíbulas—. ¿*Cómo* se atreve, señor Lackobreath a ser tan infernalmente cruel como para pellizcarme la nariz de esa manera? ¿Acaso no vio usted que me habían sujetado la mandíbula, y tiene usted que saber, si es que sabe algo, que tengo que disponer de una enorme cantidad de aire? No obstante, si es que no lo sabe, siéntese y lo verá. En mi situación, es realmente un gran descanso el poder abrir la boca, el poder explayarse, poder comunicar con una persona como usted, que no se considera obligado a interrumpir a cada momento el hilo del discurso de un caballero. Las interrupciones son

[18] *Tenera res in feminis fama pudicitiae, et quasi flos pulcherrimus citoad marcescit auram, levique flatu corrupitur, maxime*, etc. (Hieronymus and Salviniam).

muy molestas, y deberían sin duda ser abolidas, ¿no le parece?... No conteste, se lo ruego, con que hable una persona a la vez es suficiente. Cuando yo haya acabado, podrá empezar usted. ¿Cómo demonios, señor, ha llegado usted aquí? Ni una palabra, se lo ruego... por mi parte, yo llevo aquí algún tiempo, ¡un terrible accidente! ¿Habrá oído hablar de ello, supongo? ¡Catastrófica calamidad! Pasaba yo por debajo de sus ventanas, hace poco tiempo, en la época en la que tenía usted la manía del teatro, y, ¡horrible ocurrencia! ¿Habrá oído usted decir eso de coger aire, eh? ¡Silencio hasta que yo se lo diga! ¡Pues yo cogí el aire de alguna otra persona! Siempre tuve demasiado del mío, y me encontré con Blab en la esquina de la calle y no me dio la oportunidad de decir ni una palabra, no conseguí meter una sílaba ni de costado, en consecuencia tuve un ataque de epilepsia... Blab se escapó... ¡malditos sean los idiotas!... me dieron por muerto y me metieron en este lugar... ¡todo muy bonito!... He oído todo lo que ha dicho acerca de mí... No había ni una sola palabra cierta en todo ello... ¡Horrible!... ¡Maravilloso!... ¡Repugnante!... ¡Odioso!... ¡Incomprensible!... etcétera..., etcétera... etcétera... etcétera...

Resulta imposible concebir mi asombro ante un discurso tan inesperado, o el júbilo con el que gradualmente me fui convenciendo de que el aire tan afortunadamente cogido por aquel caballero (al que pronto identifiqué con mi vecino Windenough) era de hecho la expiración que se me había perdido a mí durante la conversación con mi esposa. El tiempo, el lugar y las circunstancias convertían aquello en algo más allá de toda posibilidad de discusión. No obstante, no solté inmediatamente la probóscide del Sr. W..., al menos no durante el largo período de tiempo durante el cual el inventor de los álamos italianos continuó favoreciéndome con sus explicaciones.

En este sentido, mis actos estaban dominados por esa prudencia habitual que ha sido siempre mi característica predominante. Reflexioné que podía haber aún muchas dificultades en el camino de mi preservación, que sólo grandes esfuerzos por mi parte podrían llevarme a superar. Muchas personas, consideré, son dadas a valorar las comodidades que tienen en sus manos, por poco valiosas que puedan resultar a su propietario, por muy molestas u onerosas que sean, en razón directa a las ventajas que puedan obtener los demás de su posesión, o ellos mismos de su abandono. ¿No sería tal vez éste el caso del Sr. Windenough? Al manifestar mi interés por esa respiración que en aquel momento estaba deseando perder de vista, ¿no estaría acaso poniéndome a merced de los ataques de su avaricia? Hay muchos seres ruines en este mundo, recordé con un suspiro, que no tendrían escrúpulos en jugar con ventaja incluso contra el vecino de al lado, y (este comentario es de Epictetus) es precisamente en esos momentos en que los hombres están más deseosos de librarse de la carga de sus propias calamidades, en los que se sienten menos dispuestos a aliviar la carga de los demás.

Basándome en consideraciones similares a ésta, y manteniendo aún bien sujeta la nariz del Sr. W..., me pareció propio lanzar mi respuesta.

—¡Monstruo! —empecé con un tono de la más profunda indignación—. ¡Monstruo! E idiota con doble respiración... ¿os atrevéis acaso, digo, vos, a quien los cielos han castigado por vuestras iniquidades con una doble respiración... Osáis *vos*, *insisto*, dirigiros a mí con el tono familiar con el que os dirigiríais a un conocido?... «Miento» ¡El cielo me valgal Y «estése callado». ¡Cómo no! ¡Bonita conversación, sin duda, para un caballero que disfruta de una sola respiración! Y todo esto, además, cuando yo tengo en mis manos la posibilidad de aliviar la calamidad que usted, con tanta justicia, sufre; de recortar lo superfluo de su desgraciada respiración.

Al igual que Brutus, hice una pausa en espera de respuesta, con la cual, como si fuera un tornado, me abrumó inmediatamente el Sr. Windenough. Protesta tras protesta, y excusa tras excusa. No existía ningún término que no estuviera dispuesto a aceptar, y yo no dejé de sacar ventaja de ninguno de ellos.

Una vez resueltos los preliminares, aquel conocido mío me dio la respiración, por lo cual (después de examinarla cuidadosamente) le di un recibo.

Soy consciente de que para muchos yo seré culpable de hablar de una manera tan prosaica de una transacción tan impalpable. Posiblemente piensen que debería haber narrado con más detalle y minuciosidad un hecho por medio del cual, y esto es muy cierto, se podría arrojar mucha luz sobre una interesante rama de la filosofía física.

Lamento no poder responder a todo esto. Tan sólo me puedo permitir dar una pequeña pista a modo de respuesta. Dadas las *circunstancias*... aunque pensándolo mejor creo que será mucho más seguro decir lo menos posible acerca de un asunto tan delicado, *tan delicadas*, repito, que en aquel momento incluían los intereses de una tercera persona, en cuyo sulfuroso resentimiento no tengo, de momento, ninguna gana de incurrir.

No tardamos gran cosa, una vez hechos los arreglos precisos, en escaparnos de los sótanos del sepulcro. La fuerza conjunta de nuestras resucitadas voces se hizo rápidamente evidente. Scissors, el editor Whig, reeditó un tratado acerca de «La naturaleza y origen de los ruidos subterráneos». En las columnas de una gaceta democrática apareció una respuesta; luego, una contrarréplica, una refutación y una justificación. Tan sólo, después de haber abierto el panteón para decidir cuál de los dos tenía razón, la aparición del Sr. Windenough y mía demostró a ambos que estaban totalmente equivocados.

EL HOMBRE DE NEGOCIOS

«El método es el alma de los negocios.»
(Proverbio antiguo)

Yo soy un hombre de negocios. Soy un hombre metódico. Después de todo, el método es la clave. Pero no hay gente a la que desprecie más de corazón que a esos estúpidos excéntricos, que no hacen más que hablar acerca del método sin entenderlo, ateniéndose exclusivamente a la letra y violando su espíritu. Estos individuos siempre están haciendo las cosas más insospechadas de lo que ellos llaman la forma más ordenada. Ahora bien, en esto, en mi opinión, existe una clara paradoja. El verdadero método se refiere exclusivamente a lo normal y lo obvio, y no se puede aplicar a lo *outré*. ¿Qué idea concreta puede aplicarse a expresiones tales como «un metódico Jack o'Dandy» o «un Will o't-he Wisp»?

Mis ideas en torno a este asunto podrían no haber sido tan claras, de no haber sido por un afortunado accidente, que tuve cuando era muy pequeño. Una bondadosa ama irlandesa (a la que recordaré en mi testamento) me agarró por los talones un día que estaba haciendo más ruido del necesario, y dándome dos o tres vueltas por el aire, y diciendo pestes de mí, llamándome «mocoso chillón», golpeó mi cabeza contra el pie de la cama. Esto, como digo, decidió mi destino y mi gran fortuna. Inmediatamente me salió un chichón en el sincipucio, que resultó ser un órgano ordenador de los más bonitos que pueda uno ver en parte alguna. A esto debo mi definitiva apetencia por el sistema y la regularidad que me han hecho el distinguido hombre de negocios que soy.

Si hay algo en el mundo que yo odie, ese algo son los genios. Los genios son todos unos asnos declarados, cuanto más geniales, más asnos, y esta es una regla para la que no existe ninguna excepción. Especialmente no se puede hacer de un genio un hombre de negocios, al igual que no se puede sacar dinero de un judío, ni las mejores nueces moscadas, de los nudos de un pino.

Esas criaturas siempre salen por la tangente, dedicándose a algún fantasioso ejercicio de ridícula especulación, totalmente alejado de la «adecuación de las cosas» y carente de todo lo que pueda ser considerado como nada en absoluto. Por tanto, puede uno identificarse a estos individuos por la naturaleza del trabajo al que se dedican. Si alguna vez ve usted a un hombre que se dedica al comercio o a la manufactura, o al comercio de algodón y tabaco, o a cualquier otra de esas empresas excéntricas, o que se hace negociante de frutos secos, o fabricante de jabón, o algo por el estilo, o que dice ser un abogado, o un herrero, o un médico, cualquier cosa que se salga de lo corriente, puede usted clasificarle inmediatamente como un genio, y, en consecuencia, de acuerdo con la regla de tres, es un asno.

Yo, en cambio, no soy bajo ningún aspecto un genio, sino simplemente un hombre de negocios normal. Mi agenda y mis libros se lo demostrarán inmediatamente. Están bien hechos, aunque esté mal que yo lo diga, y en mis hábitos de precisión y puntualidad jamás he sido vencido por el reloj. Lo que es más, mis ocupaciones siempre han sido organizadas para adecuarlas a los hábitos normales de mis compañeros de raza. No es que me sienta en absoluto en deuda en este sentido con mis padres, que eran extraordinariamente tontos, y que, sin duda alguna, me hubieran convertido en un genio total si mi ángel de la guarda no hubiera llegado a tiempo para rescatarme. En las biografías, la verdad es el todo, y en las autobiografías, mucho más aún, y, no obstante, tengo poca esperanza de ser creído al afirmar, no importa cuán seriamente, que mi padre me metió, cuando tenía aproximadamente quince años de edad, en la contaduría de lo que él llamaba «un respetable comerciante de ferretería y a comisión, que tenía un magnífico negocio». ¡Una magnífica basura! No obstante, como consecuencia de su insensatez, a los dos o tres días me tuvieron que devolver a casa a reunirme con los cabezas huecas de mi familia, aquejado de una gran fiebre, y con un dolor extremadamente violento y peligroso en el sincipucio, alrededor de mi órgano de orden. Mi caso era de gran gravedad, estuve al borde de la muerte durante seis semanas, los médicos me desahuciaron y todas esas cosas. Pero, aunque sufrí mucho, en general era que me sentía agradecido a mi suerte. Me había salvado de ser un «respetable comerciante de ferretería y a comisión, que tenía un magnífico negocio», y me sentía agradecido a la protuberancia que había sido la causa de mi salvación, así como también a aquella bondadosa mujer, que había puesto a mi alcance la citada causa.

La mayor parte de los muchachos se escapan de sus casas a los diez o doce años de edad, pero yo esperé hasta tener dieciséis. No sé si me hubiera ido entonces de no haber sido porque oí a mi madre hablar de lanzarme a vivir por mi cuenta con el negocio de las legumbres. *¡De las legumbres!* ¡Imagínense ustedesl A raíz de eso decidí marcharme e intentar establecerme con algún trabajo *decente*, sin tener que seguir bailando con arreglo a los caprichos de aquellos viejos excéntricos, arriesgándome a que me convirtieran finalmente en un genio. En esto tuve un éxito total al primer intento, y cuando tenía dieciocho años cumplidos tenía ya un trabajo amplio y rentable en el sector de Anunciadores ambulantes de Sastres.

Fui capaz de cumplir con las duras labores de esta profesión tan sólo gracias a esa rígida adherencia a un sistema que era la principal peculiaridad de mi persona. Mis actos se caracterizaban, al igual que mis cuentas, por su escrupuloso *método*. En mi caso, era el método, y no el dinero el que hacía al hombre: al menos, aquella parte que no había sido confeccionada por el sastre al que yo servía. Cada mañana, a las nueve, me presentaba ante aquel individuo para que me suministrara las ropas del día. A las diez estaba ya en algún paseo de moda o en algún otro lugar, dedicado al entretenimiento del público. La perfecta regularidad con la que hacía girar mi hermosa persona, con el fin de poner a la vista hasta el más mínimo detalle del traje que llevaba puesto, producía la admiración de todas las personas iniciadas en aquel negocio. Nunca pasaba un mediodía sin que yo hubiera conseguido un cliente para mis patronos, los señores Cut y Comeagain [19]. Digo esto con orgullo, pero con lágrimas en los ojos, ya que aquella empresa resultó ser de una ingratitud que rayaba en la vileza. La pequeña cuenta acerca de la que discutimos, y por la que finalmente nos separamos, no puede ser considerada en ninguno de sus puntos como exagerada por cualquier caballero que esté verdaderamente familiarizado con la naturaleza de este negocio. No obstante, acerca de esto siento cierto orgullo y satisfacción en permitir al lector que juzgue por sí mismo. Mi factura decia así:

«Señores Cut y Comeagain, sastres,
A Peter Proffit, anunciador ambulante.»

10 de julio	Por pasear, como de costumbre, y por traer un cliente.	0,25	dólares
11 de julio	Por pasear, como de costumbre, y por traer un cliente.	0,25	dólares
12 de julio	Por una mentira, segunda clase; una tela negra estropeada, vendida como verde invisible.	0,25	dólares
13 de julio	Por una mentira, primera clase, calidad y tamaño extra; reco-		

[19] Cut significa cortar, y Comeagain, vuelva otra vez. (N. del T.)

	mendar satinete como si fuera paño fino.	0,75	dólares
20 de julio	Por la compra de un cuello de camisa de papel nuevo o pechera, para resaltar el Petersham gris.	2	centavos
15 de agosto	Por usar una levita de cola corta, con doble forro (temperatura 76 °F. a la sombra).	0,25	dólares
16 de agosto	Por mantenerse sobre una sola pierna durante tres horas para exhibir pantalones con trabilla, de nuevo estilo, a 12 centavos y medio por pierna por hora.	0,37 1/2	dólares
17 de agosto	Por pasear, como de costumbre, y por un gran cliente (hombre gordo).	0,50	dólares
18 de agosto	Por pasear, como de costumbre, y por un gran cliente (tamaño mediano).	0,50	dólares
19 de agosto	Por pasear, como de costumbre, y por un gran cliente (hombre pequeño y mal pagador).	6	centavos
		2,96 1/2	dólares

La causa fundamental de la disputa producida por esta factura fue el muy moderado precio de dos centavos por la pechera. Palabra de honor que éste *no era* un precio exagerado por esa pechera. Era una de las más limpias y bonitas que jamás he visto, y tengo buenas razones para pensar que fue la causante de la venta de tres Petershams. El socio más antiguo de la firma, no obstante, quería darme tan sólo un penique, y decidió demostrar cómo se pueden sacar cuatro artículos tales del mismo tamaño de un pliego de papel ministro. Pero es innecesario decir que para mí aquello era una cuestión de principios. Los negocios son los negocios, y deben ser hechos a la manera de los negociantes. No existía ningún *sistema* que hiciera posible el escatimarme a mí un penique —un fraude flagrante de un cincuenta por ciento—. Absolutamente ningún *método*. Abandoné inmediatamente mi trabajo al servicio de los señores Cut y Comeagain, afincándome por mi cuenta en el sector de Lo Ofensivo para la Vista, una de las ocupaciones más lucrativas, respetables e independientes de entre las normales.

Mi estricta integridad, mi economía y mis rigurosos hábitos de negociante entraron de nuevo en juego. Me encontré a la cabeza de un comercio floreciente, y pronto me convertí en un hombre distinguido en el terreno del «Cambio». La verdad sea dicha, jamás me metí en asuntos llamativos, me limité a la buena, vieja y sobria rutina de la profesión, profesión en la que, sin duda, hubiera permanecido de no haber sido por un pequeño accidente, que me ocurrió llevando a cabo una de las operaciones normales en la dicha profesión. Siempre que a una vieja momia, o a un heredero pródigo, o a una corporación en bancarrota, se les mete en la cabeza construir un palacio, no hay nada en el mundo que pueda disuadirles, y esto es un hecho conocido por todas las personas inteligentes. Este hecho es en realidad la base del negocio de Lo Ofensivo para la Vista. Por lo tanto, en el momento en que un proyecto de construcción está razonablemente en marcha, financiado por alguno de estos individuos, nosotros los comerciantes nos hacemos con algún pequeño rinconcillo del solar elegido, o con algún punto que esté justo al lado o inmediatamente delante de éste. Una vez hecho esto, esperamos hasta que el palacio está a medio construir, y entonces pagamos a algún arquitecto de buen gusto para que nos construya una choza ornamental de barro, justo al lado, o una pagoda estilo sureste, o estilo holandés, o una cochiquera, o cualquier otro ingenioso juego de la imaginación, ya sea Esquimal, Kickapoo u Hotentote. Por supuesto, no podemos permitirnos derribar estas estructuras si no es por una prima superior al quinientos por ciento del precio del costo de nuestro solar y nuestros materiales. ¿No es así? Pregunto yo. Se lo pregunto a todos los hombres de negocios. Sería irracional el suponer que podemos. Y, a pesar de todo, hubo una descarada corporación que me pidió precisamente eso, *precisamente eso*. Por supuesto que no respondí a su absurda propuesta, pero me sentí en el deber de ir aquella noche y cubrir todo su palacio de negro de humo. Por hacer esto, aquellos villanos insensatos me metieron en la cárcel, y los caballeros del sector de Lo Ofensivo para la Vista se vieron obligados a darme de lado cuando salí libre.

El negocio del Asalto con Agresión a que me vi obligado a recurrir para ganarme la vida resultaba, en cierto modo, poco adecuado para mi delicada constitución, pero me dediqué a él con gran entusiasmo, y encontré en él, como en otras ocasiones, el premio a la metódica seriedad y a la precisión de mis hábitos, que había sido fijada a golpes en mi cabeza por aquella deliciosa ama —sería, desde luego, el más vil de los humanos si no la recordara en mi testamento—. Observando, como ya he dicho, el más estricto de los sistemas en todos mis asuntos, y llevando mis libros con gran precisión, fue como conseguí superar muchas dificultades, estableciéndome por fin muy decentemente en mi profesión. La verdad sea dicha, pocos individuos establecieron un negocio en cualquier rama mejor montado que el mío. Transcribiré aquí una o dos páginas de mi Agenda, y así me ahorraré la necesidad de la autoalabanza, que es una práctica despreciable, a la cual no se rebajará ningún hombre de altas miras. Ahora bien, la agenda es algo que no miente.

«1 de enero. Año Nuevo. Me encontré con Snap en la calle; estaba piripi. Memo; él me servirá. Poco después me encontré a Gruff, más borracho que una cuba. Memo; también me servirá. Meti la ficha de estos dos caballeros en mi archivo y abrí una cuenta corriente con cada uno de ellos.

2 de enero. Vi a Snap en la Bolsa; fui hasta él y le pisé un pie. Me dio un puñetazo y me derribó. ¡Espléndido! Volví a levantarme. Tuve alguna pequeña dificultad con Bag, mi abogado. Quiero que pida por daños y perjuicios un millón, pero él dice que por un incidente tan trivial no podemos pedir más de quinientos. Memo. Tengo que prescindir de Bag, no tiene *ningún sistema*.

3 de enero. Fui al teatro a buscar a Gruff. Le vi sentado en un palco lateral del tercer piso, entre una dama gruesa y otra delgada. Estuve observando al grupo con

unos gemelos hasta que vi a la dama gruesa sonrojarse y susurrarle algo a G. Fui entonces hasta su palco y puse mi nariz al alcance de su mano. No me tiró de ella, no hubo nada que hacer. Me la limpié cuidadosamente y volví a intentarlo; nada. Entonces me senté y le hice guiños a la dama delgada, y entonces tuve la gran satisfacción de sentir que él me levantaba por la piel del pescuezo, arrojándome al patio de butacas. Cuello dislocado y la pierna derecha magníficamente rota. Me fui a casa enormemente animado; bebí una botella de champaña, apunté una petición de cinco mil contra aquel joven. Bag dice que está bien.

15 de febrero. Llegamos a un compromiso en el caso del señor Snap. Cantidad ingresada —50 centavos—, por verse.

16 de febrero. Derrotado por el villano de Gruff, que me hizo un regalo de cinco dólares. Costo del traje, cuatro dólares y 25 centavos. Ganancia neta —véanse libros—, 75 centavos.»

Como pueden ver, existe una clara ganancia en el transcurso de un breve período de tiempo de nada menos que un dólar y 25 centavos, y esto tan sólo en los casos de Snap y Gruff, y juro solemnemente al lector que estos extractos han sido tomados al azar de mi agenda.

No obstante, es un viejo proverbio, y perfectamente cierto, que el dinero no es nada en comparación con la buena salud. Las exigencias de la profesión me parecieron un tanto excesivas para mi delicado estado de salud, y una vez que finalmente descubrí que estaba totalmente deformado por los golpes, hasta el punto de que no sabía muy bien qué hacer y que mis amigos eran incapaces de reconocerme como Peter Proffit cuando me cruzaba con ellos por la calle, se me ocurrió que lo mejor que podría hacer sería alterar la orientación de mis actividades. En consecuencia, dediqué mi atención a las Salpicaduras de Lodo, y estuve dedicado a ello durante algunos años.

Lo peor de esta ocupación es que hay demasiada gente que se siente atraída por ella, y en consecuencia, la competencia resulta excesiva. Todos aquellos individuos ignorantes que descubren que carecen de cerebro como para hacer carrera como hombre-anuncio, o como pisaverde de la rama de Lo Ofensivo para la Vista, o como un hombre de Asalto con Agresión, piensan, por supuesto, que su futuro está en las Salpicaduras de Lodo. Pero jamás pudo haber una idea más equivocada que la de pensar que no hace falta cerebro para dedicarse a salpicar de lodo. Especialmente no hay en este negocio nada que hacer si se carece de *método*. Por lo que a mí respecta, mi negocio era tan sólo al por menor, pero mis antiguos hábitos *sistemáticos* me hicieron progresar viento en popa. En primer lugar elegí mi cruce de calles con gran cuidado, y jamás utilicé un cepillo en ninguna otra parte de la ciudad *que no fuera aquélla*. También puse gran atención en tener un buen charco a mano, de tal forma que pudiera llegar a él en cuestión de un momento. Debido a esto, llegué a ser conocido como una persona de fiar; y esto, permítanme que se lo diga, es tener la mitad de la batalla ganada en este oficio. Jamás nadie que me echara una moneda atravesó mi cruce con una mancha en sus pantalones. Y ya que mis costumbres en este sentido eran bien conocidas, jamás tuve que enfrentarme a ninguna imposición. Caso de que esto hubiera ocurrido, me hubiera negado a tolerarlo. Jamás he intentado imponerme a nadie, y en consecuencia, no tolero que nadie haga el indio conmigo. Por supuesto, los fraudes de los bancos eran algo que yo no podía evitar. Su suspensión me dejó en una situación prácticamente ruinosa. Éstos, no obstante, no son individuos, sino corporaciones, y como todo el mundo sabe, las corporaciones no tienen ni cuerpo que patear ni alma que maldecir.

Estaba yo ganando dinero con este negocio cuando en un mal momento me vi inducido a fusionarme con los Viles Difamadores, una profesión en cierto modo análoga, pero ni mucho menos igual de respetable. Mi puesto era sin duda excelente, ya que estaba localizado en un lugar céntrico y tenía unos magníficos cepillos y betún. Mi perrillo, además, estaba bastante gordo y puesto al día en todas las técnicas del olisqueo. Llevaba en el oficio mucho tiempo, y me atrevería a decir que lo comprendía. Nuestra rutina consistía en lo siguiente: Pompey, una vez que se había rebozado bien en el barro, se sentaba a la puerta de la tienda hasta que veía acercarse a un dandy de brillantes botas. Inmediatamente salía a recibirle y se frotaba un par de veces contra sus Wellingtons. Inmediatamente, el dandy se ponía a jurar profusamente y a mirar a su alrededor en busca de un limpiabotas. Y allí estaba yo, bien a la vista, con mi betún y mis cepillos. Al cabo de un minuto de trabajo recibía mis seis peniques. Esto funcionó moderadamente bien durante un cierto tiempo. De hecho, yo no era avaricioso, pero mi perro lo era. Yo le daba un tercio de los beneficios, pero él decidió insistir en que quería la mitad. Esto fui incapaz de tolerarlo, de modo que nos peleamos y nos separamos.

Después me dediqué algún tiempo a probar suerte con el Organillo, y puedo decir que se me dio bastante bien. Es un oficio simple y directo, y no requiere ninguna habilidad particular. Se puede conseguir un organillo a cambio de una simple canción, y para ponerlo al día no hay más que abrir la maquinaria y darle dos o tres golpes secos con un martillo. Esto produce una mejora en el aparato, de cara al negocio, como no se pueden ustedes imaginar. Una vez hecho esto, no hay más que pasear con el organillo al hombro hasta ver madera fina en la calle y un llamador envuelto en ante. Entonces uno se detiene y se pone a dar vueltas a la manivela, procurando dar la impresión de que está uno dispuesto a seguir haciéndolo hasta el día del juicio. Al cabo de un rato se abre una ventana desde donde arrojan seis peniques junto con la solicitud «cállese y siga su camino», etc. Yo soy consciente de que algunos organilleros se han permitido el lujo de «seguir su camino» a cambio de esta suma, pero por lo que a mí respecta, yo consideraba que la inversión inicial de capital necesaria había sido excesiva como para permitirme el «seguir mi camino» por menos de un chelín.

Con esta ocupación gané bastante, pero por algún motivo no me sentía del todo satisfecho, así que finalmente la abandoné. La verdad es que trabajaba con la desventaja de carecer de un mono, y además las calles americanas están *tan* embarradas y la muchedumbre democrática es muy molesta y está repleta de niños traviesos.

Estuve entonces sin trabajo durante algunos meses, pero finalmente conseguí, gracias al gran interés que puse en ello, procurarme un puesto en el negocio del Correo Fingido. El trabajo aquí es sencillo y no del todo improductivo. Por ejemplo: muy de madrugada yo tenía que hacer mi paquete de falsas cartas. En el interior de cada una de éstas tenía que garrapatear unas cuantas líneas acerca de cualquier tema que me pareciera lo suficientemente misterioso y firmar todas estas epístolas como Tom Dobson, o Bobby Tompkins, o algo por el estilo. Una vez dobladas y cerradas todas, y selladas con un falso matasellos de Nueva Orleáns, Bengala, Botany Bay o cualquier otro lugar muy alejado, recorría mi ruta diaria como si tuviera mucha prisa. Siempre me presentaba en las casas grandes para entregar las cartas y solicitar el pago del sello. Nadie duda en pagar por una carta, especialmente por una doble; la gente es muy tonta y no me costaba nada doblar la esquina antes de que tuvieran tiempo de abrir las epístolas. Lo peor de esta profesión era que tenía que andar tanto y tan de prisa, y que tenía que variar mi ruta tan frecuentemente. Además, tenía escrúpulos de conciencia. No puedo aguantar el ver abusar de individuos inocentes, y el entusiasmo con el que toda la ciudad se dedicó a maldecir a Tom Dobson y a Bobby Tompkins era realmente algo horrible de oír. Me lavé las manos de aquel asunto con gran repugnancia.

Mi octava y última especulación ha sido en el terreno de la Cría de Gatos. He encontrado este negocio extraordinariamente agradable y lucrativo, y prácticamente carente de problemas. Como todo el mundo sabe, el país está infectado de gatos; tanto es así, que recientemente se presentó ante el legislativo, en su última y memorable sesión, una petición para que el problema se resolviera, repleta de numerosas y respetables firmas. La asamblea en aquellos tiempos estaba desusadamente bien informada, y habiendo aceptado otros muchos sabios y sanos proyectos, coronó su actuación con el Acta de los Gatos. En su forma original, esta ley ofrecía una prima por la presentación de *«cabezas»* de gato (cuatro peniques la pieza), pero el Senado consiguió enmendar la cláusula principal sustituyendo la palabra *«cabezas»* por *«colas»*. Esta enmienda era tan evidentemente adecuada que la totalidad de la Cámara la aceptó *men. con.*

En cuanto el gobernador hubo firmado la ley, invertí la totalidad de mi dinero en la compra de Gatos y Gatas. Al principio sólo podía permitirme el alimentarles con ratones (que resultan baratos), pero aun así cumplieron con la Ordenanza Bíblica a un ritmo tan maravilloso que finalmente consideré que la mejor línea de actuación sería la de la generosidad, de modo que regalé sus paladares con ostras y tortuga. Sus colas, según el precio establecido, me producen ahora unos buenos ingresos, ya que he descubierto un método por medio del cual, gracias al aceite de Macassar, puedo conseguir tres cosechas al año. También me encanta observar que los animales se acostumbran rápidamente a la cosa y acaban prefiriendo tener tal apéndice cortado que no tenerlo. Me considero, por lo tanto, realizado y estoy intentando conseguir una residencia en el Hudson.

EL HOMBRE CONSUMIDO

Pleurez, pleurez, mes yeux, et fondez vous en eau!
La moitié de ma vie a mis l'autre au tombeau.

(CORNEILLE)

No consigo acordarme en este momento dónde o cuándo conocí por primera vez a aquel individuo de tan buen aspecto, el Brevet Brigadier-General John A. B. C. Smith. *De hecho*, alguien me presentó a este caballero, de eso estoy seguro, en alguna reunión pública, sin duda alguna. Por algo de gran importancia, qué duda cabe, en algún lugar u otro, estoy convencido, cuyo nombre inexplicablemente he olvidado. La verdad es que aquella presentación vino acompañada, por mi parte, de una ansiedad que evitó que consiguiera retener una impresión definida acerca del tiempo o del lugar. Constitucionalmente soy una persona nerviosa; esto es, en mi caso, un problema de familia y no lo puedo evitar. Cualquier cosa con aspecto misterioso, la aparición de algo que no sea capaz de comprender a la perfección, me ponen al instante en un estado de lamentable agitación.

Había algo, como aquel que dice, notable *—sí, notable*, aunque este es un término excesivamente poco enfático para expresar lo que quiero decir— acerca del personaje en cuestión—. Mediría tal vez unos seis pies de altura y su presencia tenía un singular aire de autoridad. Toda su persona emanaba un *air distingué* que revelaba su alto grado de educación y hacía pensar que procedía de una alta cuna. En torno a este tema —el aspecto personal de Smith— siento una especie de melancólica satisfacción en ser minucioso. Su pelo hubiera sido digno de Brutus; nada podría haber tenido mayor riqueza en su caída o poseer un mayor brillo. Era de un color negro oscuro, que era también el color, o dicho con mayor propiedad, la ausencia de color de sus inimaginables bigotes. Como ustedes percibirán, soy incapaz de hablar de estos últimos sin que se trasluzca mi entusiasmo; no creo que sea exagerado decir que era el más magnífico par de bigotes que había bajo el sol. En todas las circunstancias rodeaban y en ocasiones sombreaban parcialmente una boca sin parangón. En ella se alojaban los dientes más absolutamente regulares y más resplandecientemente blancos que se puedan concebir. Entre ellos, siempre en la ocasión propicia, surgía una voz de una claridad, riqueza y fuerza arrolladoras. En lo que a los ojos se refiere, también mi conocido estaba preeminentemente bien dotado. Cualquiera de aquellos dos ojos valía un par de los normales. Eran de un color castaño profundo y extraordinariamente grandes y lustrosos, y se podía percibir en ellos, de cuando en cuando, esa dosis justa de oblicuidad que da contenido a una expresión.

El busto del general era incuestionablemente el más magnífico busto que jamás haya yo visto. Y aunque en ello me fuera la vida, jamás hubiera podido encontrar un fallo en sus egregias proporciones. Esta rara peculiaridad hacía destacar muy ventajosamente un par de hombros que hubiera hecho enrojecer, consciente de su inferioridad, a la marmórea faz de un Apolo. Yo soy un apasionado de los hombros hermosos, y puedo decir que jamás había visto unos tan perfectos anteriormente. Los brazos estaban también admirablemente modelados. No eran menos soberbias las extremidades inferiores. De hecho eran, sin duda, el *non plus ultra* de las piernas.

Todos los conocedores de la materia se veían obligados a admitir que aquellas piernas eran unas buenas piernas. No había demasiada carne ni, por el contrario, demasiada poca, ni rudeza ni fragilidad. Sería incapaz de imaginarme una curva más exquisita que la de aquel *os femoris*, y tenía justo esa prominencia en la parte trasera de la *fíbula*, que es la confirmación de una pantorrilla adecuadamente proporcionada. Tan sólo desearía que mi joven e ingenioso amigo, Chiponchipino, el escultor, hubiera tenido ocasión de haber visto tan sólo las piernas del Brevet Brigadier-General John A. B. C. Smith.

Pero a pesar de que los hombres con un aspecto tan absolutamente magnífico no son tan abundantes como las pasas o las zarzamoras, aún era yo incapaz de creer que aquel *algo notable* a que he hecho alusión hace un momento, que ese extraño de *je ne sais quos* que emanaba de mi nuevo amigo, se centrara totalmente, ni siquiera absolutamente, en la suprema excelencia de sus dones físicos. Tal vez podría atribuírsele a su *actitud*, aunque una vez más me atrevo a afirmarlo categóricamente. *Había* una precisión, por no decir una rigidez, en sus movimientos, un grado de precisión mesurada y, si se me permite expresarlo así, rectangular en todos sus gestos, que, observados en una figura de menor tamaño, hubiera sido atribuido a la afectación, pomposidad o rigidez, pero que, observados en un caballero de sus indiscutibles dimensiones, era atribuida inmediatamente a una actitud reservada, *hauteur*... en pocas palabras y en sentido laudatorio a aquello que emana de la dignidad de unas proporciones colosales.

El amable amigo que me presentó al General Smith me susurró al oído unas cuantas palabras acerca de aquel hombre. Era un hombre *notable* —un hombre *muy* notable—; de hecho, uno de los hombres *más* notables de aquellos tiempos. Era también el favorito de las damas, fundamentalmente debido a la gran reputación que tenía de hombre valeroso.

—En ese aspecto no tiene parangón; es, de hecho, un perfecto desesperado, un verdadero comefuego, y que nadie lo dude —dijo mi amigo, bajando la voz muchísimo y excitándome con su tono misterioso.

—Un verdadero comefuegos, y que *nadie* lo dude. Eso lo demostró de sobra en la última y tremenda lucha en los pantanos de abajo, en el Sur, con los indios Bogaboo y Kickapoo —aquí mi amigo abrió parcialmente los ojos—. ¡Que Dios me ampare! ¡Sangre y truenos y todo eso! ¡*Prodigios* de valor! ¿Habrá usted oído hablar de él, supongo? Él es el hombre...

—¡Mira quién está aquí! ¿Cómo *está* usted? ¡Válgame! ¿Cómo *está*? ¡Me alegro *mucho* de verle, ya lo creo que sí! —nos interrumpió el General en persona, agarrando de la mano a mi compañero mientras se acercaba e inclinándose rígida pero profundamente al serle yo presentado.

Pensé entonces (y lo pienso aún) que jamás había oído una voz más clara ni más poderosa, ni tampoco había visto una dentadura más perfecta; pero *tengo* que admitir que lamenté que nos interrumpiera en aquel preciso instante, ya que, a causa de los susurros y las insinuaciones anteriormente expuestas, mi interés hacia el héroe de la campaña de los Bogaboo y los Kickapoo se había visto tremendamente excitado.

No obstante, la deliciosamente brillante conversación del Brevet Brigadier-General John A. B. C. Smith disipó rápidamente aquella mi pequeña frustración. Dado que mi amigo nos abandonó inmediatamente, tuvimos un *tête-a-tête* bastante largo, y no solamente disfruté mucho, sino que *realmente* aprendí cosas. Jamás había visto a un conversador más fluido, a un hombre mejor informado en general. Con entrañable modestia evitó, no obstante, tocar el tema que en aquel momento más me interesaba, quiero decir, las misteriosas circunstancias que rodeaban a la guerra con los Bogaboo, y con lo que yo por mi parte considero un adecuado sentido de la delicadeza, evité también abordar el tema; aunque, en honor a la verdad, estuve muy tentado de hacerlo. Percibí también que aquel apuesto soldado prefería hablar de temas de interés filosófico y que le encantaba en particular charlar acerca del rápido desarrollo de los inventos mecánicos. De hecho, donde quiera que orientara yo la conversación, este era un punto al que él volvía invariablemente.

—No hay nada semejante —diría él—; somos un pueblo maravilloso y vivimos en una era maravillosa. ¡Paracaídas y trenes, trampas para hombres y fusiles de resorte! Nuestros barcos de vapor recorren los siete mares, y el paquebote aéreo de Nassau está a punto de empezar un servicio regular de transporte (el precio del billete en cualquiera de las dos direcciones es de sólo veinte libras esterlinas) entre Londres y Tombuctú. ¿Y quién podría imaginar la inmensa influencia sobre la vida social, las artes, el comercio, la literatura, que ejercerán de inmediato los grandes principios del electromagnetismo? ¡Y eso no es todo, se lo puedo asegurar! Realmente no existe límite en el camino de los inventos. Día tras día surgen como hongos los más maravillosos, los más ingeniosos y, permítame añadir, señor... señor Thompson, creo que se llama usted..., permítame añadir, como decía, los más útiles, los más verdaderamente *útiles* inventos mecánicos, si me permite decirlo así, o de un modo más figurativo, como... ¡ah!..., saltamontes, como saltamontes, señor Thompson, a nuestro alrededor, y ¡ah!... ¡ah!... ¡ah!..., a nuestro alrededor.

Thompson, por supuesto, no es mi nombre; pero supongo que será innecesario decir que me separé del General Smith más interesado que nunca en su persona, con una exaltada opinión acerca de sus habilidades conversacionales y un profundo sentido de los valiosos privilegios de que disfrutamos al vivir en esta era de los inventos mecánicos. No obstante, mi curiosidad no había quedado totalmente satisfecha y decidí preguntar inmediatamente entre mis conocidos acerca del propio Brevet Brigadier-General, y en partitular acerca de los tremendos acontecimientos *quorum pars magna fuit* ocurridos durante la campaña de los Bogaboo y los Kickapoo.

La primera oportunidad que surgió y que yo *(horresco referens)* aproveché sin el más mínimo escrúpulo, sucedió en la Iglesia del Reverendo Doctor Drummummupp, donde me encontré un domingo a la hora del sermón no ya sólo en el banquillo, sino sentado al lado de esa valiosa y comunicativa amiga mía, la señorita Tabitha T. Así colocado, me felicité a mí mismo y con muy buenas razones por el muy adulador estado de las cosas. Si había alguna persona que pudiera saber algo acerca del Brevet Brigadier-General John A. B. C. Smith, esa persona, me parecía evidente, era la señorita Tabitha T. Nos hicimos unas cuantas señas y después empezamos *sotto voce* un animado *tête-a-tête*.

—¡Smith! —dijo ella en respuesta a mi ardorosa pregunta—. ¡Smith! ¿No se referirá usted al General A. B. C.? ¡Que Dios me bendiga; creía que ya lo *sabía* usted todo acerca de *él*! ¡Esta es una era maravillosa y llena de inventos! ¡Qué horrible asunto aquél! ¡Maldito montón de desgraciados, eso es lo que son esos Kickapoos!... Luchó como un héroe... prodigioso valor... prestigio inmortal. ¡Smith!... ¡Brevet Brigadier-General John A. B. C.! ¡Válgame! Como usted sabe, ése es el hombre...

—El hombre —nos interrumpió el Doctor Drummummupp a voz en grito, y dando un golpe que estuvo a punto de hacer caer el púlpito sobre nuestras cabezas—. ¡El hombre nacido de una mujer tiene poco tiempo de vida por delante; surge y ve su vida segada como la de una flor!

Di un respingo al extremo de mi banco y percibí, por el aspecto excitado del ministro, que la ira que había casi resultado fatal para la integridad del púlpito había sido provocada por los susurros de la dama y míos. Aquello ya no tenía arreglo, de modo que me sometí elegantemente y escuché, un verdadero mártir del silencio digno, el resto de aquel magnífico discurso.

La tarde siguiente estaba yo visitando, un tanto tarde, el Rantipole Theatre, donde tenía la seguridad de poder satisfacer mi curiosidad inmediatamente por el simple expediente de entrar al palco de esas dos exquisitas pruebas de afabilidad y omnisciencia que son las señoritas Arabella y Miranda Cognoscenti. Aquel espléndido trágico, Climax, interpretaba *Iago* ante un público muy nutrido, y experimenté algunas ligeras dificultades para hacer comprender lo que deseaba; especialmente así, considerando que nuestro palco estaba junto a las bambalinas y dominaba por completo el escenario.

—¡Smith! —dijo la señorita Arabella cuando finalmente comprendió lo que yo le preguntaba—. ¡Smith!... ¿no se referirá usted al General John A. B. C.?

—¿Smith? —dijo Miranda meditativamente—. Dios me ampare, ¿han visto alguna vez una figura más espléndida?

—Jamás, Madame; pero *dígame*...

—¿O de una gracia inimitable?

—¡Jamás, se lo juro! Pero, por favor, dígame...

—¿O con tal apreciación de los efectos teatrales?

—¡Madame!

—¿O con un sentido más delicado de las verdaderas bellezas de Shakespeare? ¡Tenga usted la bondad de mirar esa pierna!

—¡Demonio! —y me volví de nuevo hacia su hermana.

—¡Smith! —dijo ella—, ¿no se referirá usted al General A. B. C.? Horrible asunto aquél, ¿no le parece? Unos desgraciados, eso es lo que son esos Bogaboos... unos salvajes y todo eso... ¡Pero vivimos en una maravillosa época de inventos!... ¡Smith!... ¡Oh, sí! Un gran hombre... ¡El perfecto desesperado!... ¡Prestigio inmortal!... ¡Prodigioso valor! *¡Lo nunca visto!* —esto último lo dijo gritando—. ¡Que Dios me bendiga!... ¡Válgame, él es el hombre!...

«... Mandrágora
ni tampoco todos los ensoñadores jarabes del mundo
podrán jamás devolverle ese dulce sueño
que tuvo usted ayer!»,

aulló en ese momento Climax, justo junto a mi oído, y agitando al mismo tiempo su puño ante mi cara, de una forma que yo no *podía* y no *pensaba* tolerar. Abandoné inmediatamente a las señoritas Cognoscenti, pasé inmediatamente entre bastidores y pegué a aquel miserable desgraciado tal paliza que no dudo que la recordará hasta el día de su muerte.

Tenía la seguridad de que en la *soirée* de la deliciosa viuda señora Kathleen O'Trump no sufriría una desilusión semejante. En consecuencia, tan pronto como me senté a la mesa de juego, al lado de mi hermosa anfitriona para hacer un *vis-â-vis*, planteé aquellas cuestiones cuya solución había llegado a ser esencial para mi tranquilidad.

—¡Smith! —dijo mi compañera—. ¡Válgame! ¿No se referirá usted al General John A. B. C.? Un horrible asunto aquél, ¿no le parece? ¿Diamantes, ha dicho usted?... ¡Unos desgraciados, eso es lo que son los Kickapoos!... Estamos jugando al *whist*, si no le importa, señor Tattle... No obstante, esta es la era de los inventos, sin duda alguna *la* era, podríamos decir, *la* era *par excellence*... ¿Habla usted francés?... ¡Oh, sí, un verdadero héroe!... ¡El perfecto desesperado!... *¿No tiene corazones*, señor Tattle? No puedo creerlo... ¡prestigio inmortal y todo eso!... ¡Prodigioso valor! *¡Lo nunca visto!*... Válgame, él es el hombre [20]...

—¡Mann! ¡El capitán Mann! —gritó en ese momento alguna pequeña intrusa desde el otro extremo de la habitación—. ¿Están ustedes hablando acerca del ca-

[20] Hombre en inglés es man, que se pronuncia igual que Mann, de ahí el juego de palabras.

pitán Mann y su duelo?... ¡Oh!, *tengo* que oírlo... cuéntenmelo... ¡Prosiga, señora O'Trump!... ¡Siga, por favor!

Y así lo hizo la señora O'Trump, contándolo todo acerca de un tal capitán Mann, que había sido muerto de un tiro o ahorcado o, en cualquier caso, debería haber sido muerto de un tiro o ahorcado. ¡Sí! La señora O'Trump siguió hablando y yo... yo me fui. Ya no me quedaba ni la más mínima oportunidad de enterarme de nada más acerca del Brevet Brigadier-General John A. B. C. Smith.

No obstante, me consolé con la reflexión de que aquella racha de mala suerte no podría durar siempre, y decidí, en consecuencia, lanzarme audazmente a conseguir la información de aquel ángel encantador que era la graciosa señora Pirouette.

—¡Smith! —dijo la señora P. mientras dábamos vueltas enlazados en un *pas de zaphyr*—. ¡Smith! ¡Válgame! ¿No se referirá usted al General John A. B. C.? Terrible asunto el de los Bogaboos, ¿no le parece? ¡Unas criaturas horribles, eso es lo que son esos indios!... ¡*Haga* el favor de sacar las puntas de los pies hacia fuera! De verdad que me avergüenzo de usted... ¡Un hombre de gran valor, pobre individuo!... Pero esta es una maravillosa era de inventos... ¡Oh, pobre de mí, estoy agotada!... Es prácticamente un desesperado... Prodigioso valor... *¡Lo nunca visto!*... No puedo creerlo... Tendremos que sentarnos para que pueda informarle... ¡Smith! Válgame, él es el hombre...

—¡Man-*Fred, se lo digo yo*! —aulló en ese momento la señorita Bas-Bleu, mientras yo acompañaba a la señora Pirouette a tomar asiento.

—¿Han oído alguna vez en su vida algo parecido? Es Man-*Fred*, insisto, y no en absoluto Man-*Friday*.

En este punto la señorita Bas-Bleu me indicó perentoriamente que me acercara, y me vi obligado, muy a mi pesar, a abandonar a la señora P. con el fin de resolver una disputa acerca del título de una cierta obra poética de teatro de Lord Byron. Aunque me pronuncié con gran diligencia a favor de que el título era Man-*Friday*, y en absoluto Man-*Fred*, cuando volví a buscar a la señora Pirouette no pude encontrarla, y me retiré de aquella casa con una gran amargura en el espíritu y una gran animosidad contra la totalidad de la raza de los Bas-Bleu.

El asunto había adquirido ya caracteres alarmantes, y decidí visitar inmediatamente a mi amigo personal, el señor Theodore Sinivate, ya que sabía que por lo menos de él podría obtener algo que se pareciera a una información concreta.

—¡Smith! —dijo él con su tan conocida costumbre de arrastrar las sílabas—. ¡Smith!... ¡Válgame! ¿No se referirá al General John A. B. C.? Un asunto salvaje, ése de los Kickapo-o-o-os, ¿no le parece?... Un perfecto desespera-a-ado... ¡Una verdadera lástima, palabra de honor!... ¡Una maravillosa era de inventos!... ¡Pro-o-odigioso valor! Por cierto, ¿ha oído hablar alguna vez acerca del Capitán Ma-a-a-nn?

—¡Al D...o con el Capitán Mann! —dije yo—. Haga el favor de seguir con su historia.

—¡Ejem!... ¡Está bien!... En cierto modo es *la même cho-o-ose*, como decimos en Francia. Smith, ¿eh?

¿Brigadier-General John A. B. C.? Vaya —en ese momento al señor S. le pareció apropiado apoyar el índice sobre el costado de su nariz—. Vaya, ¿no querrá insinuar con toda seriedad y consciencia que no sabe tanto acerca de ese asunto de Smith como pueda saber yo, verdad? ¿Smith? ¿John A. B. C.? ¡Válgame Dios! Él es el ho-o-ombre...

—Señor Sinivate —dije yo, implorante—, ¿acaso *es* el hombre de la máscara?

—¡No-o-o! —dijo él, poniendo cara de sabiduría—. Ni tampoco el hombre de la lu-u-una.

Aquella respuesta me pareció un claro insulto, y así se lo dije, abandonando inmediatamente la casa, preso de una gran indignación, y con la firme resolución de exigir cuentas a mi amigo el señor Sinivate por su poco caballerosa conducta y su mala educación.

A todo esto, no obstante, ni me había pasado por la imaginación que se estuviera intentando impedir mi acceso a la información que deseaba. Aún me quedaba una posibilidad. Iría a las fuentes. Visitaría inmediatamente al propio General y le exigiría, en términos explícitos, una explicación de todo aquel abominable misterio. Así por lo menos no habría lugar a equívocos. Me dirigiría a él de forma concisa, positiva y perentoria, seca como la corteza de un pastel y concisa como Tácito o Montesquieu.

Era aún temprano cuando me presenté, y el General estaba vistiéndose, pero dije que era un asunto urgente, e inmediatamente fui introducido a su habitación por un viejo valet negro, que se quedó a la espera a todo lo largo de mi visita. Al entrar en la cámara miré a mi alrededor, por supuesto, en busca de su ocupante, pero en aquel momento fui incapaz de localizarle. Había un gran montón de algo con un aspecto extraordinariamente extraño que yacía a mis pies sobre el suelo, y ya que no estaba precisamente del mejor humor del mundo, le di una patada para apartarlo de mi camino.

—¡Ejem! ¡Ejem! ¡Muy educado, diría yo! —dijo el montón, con una de las vocecillas más diminutas y en términos generales de las más divertidas, entre un chirrido y un silbido, que había yo oído en los días de mi vida.

—¡Ejem! Muy educado, me atrevería a observar.

Estuve a punto de gritar de terror, y me dirigí tangencialmente a la más alejada esquina de la habitación.

—¡Que Dios me bendiga, mi querido amigo! —silbó de nuevo el montón—. Qué... qué... qué... ¡Válgame! ¿Qué *es* lo que pasa? Estoy por creer que no me conoce usted de nada.

¿Qué *podía* yo decir a eso?... ¿Qué *podía*? Me dejé caer anonadado en un sillón, y con los ojos muy abiertos y la mandíbula colgante esperé la solución de todo aquel misterio.

—No obstante, no deja de ser extraño que usted no me conozca, ¿no le parece? —volvió a chirriar al cabo de un rato aquella cosa indescriptible, y percibí que en aquel momento estaba realizando sobre el suelo no sé qué inexplicables movimientos muy análogos a los de ponerse un calcetín. No obstante, a la vista no había más que una pierna.

—No obstante, no deja de ser extraño que usted no me conozca, ¿no le parece? ¡Pompey, tráeme esa pierna! —Pompey le alcanzó entonces al montón una magnífica pierna de corcho, ya vestida, que se enroscó en un abrir y cerrar de ojos, e inmediatamente se puso en pie ante mí.

—Y una sangrienta pelea *fue* —continuó diciendo la cosa, como en un soliloquio—, pero al fin y al cabo uno no puede esperar luchar contra los Bogaboos y los Kickapoos y salir con un simple arañazo. Pompey, te agradecería que me alcanzaras ahora ese brazo. Thomas —dijo, volviéndose hacia mí— es sin duda el mejor fabricante de piernas de corcho, pero si algún día tuviera usted necesidad de un brazo, mi querido amigo, permítame que le recomiende a Bishop.

En ese momento, Pompey le enroscó el brazo.

—Fue un trabajo bastante duro, eso se lo puedo asegurar. Ahora, tú, perro, ponme los hombros y el torso. Pettit fabrica los mejores hombros, pero si lo que usted quiere es un torso, lo mejor que puede hacer es ir a Ducrow.

—¡Torso! —dije yo.

—Pompey, ¿es que no vas a acabar *nunca* con esa peluca? Después de todo, que le quiten a uno la cabellera es un proceso bastante violento, pero, por otra parte, se pueden conseguir magníficos bisoñés en De L'Orme's.

—¡Bisoñé!

—¡Ahora, tú, negro, tráeme mis dientes! Para conseguir un *buen* juego de éstos, el mejor sitio es Parmly; los precios son altos, pero la mano de obra es excelente.

No obstante, me tragué unas cuantas piezas excelentes cuando aquel gran Bogaboo me sacudió con la culata de su rifle.

—¡Culata! ¡Sacudió! ¡Por mis ojos!

—Oh, sí, por cierto, mi ojo... aquí está. ¡Pompey, bribón, enróscamelo! Esos Kickapoos no tienen recato en sacártelos, pero, después de todo, el tal doctor Williams es un hombre muy calumniado; no se puede usted imaginar lo bien que veo con los ojos que me ha hecho.

Empecé entonces a percibir con gran claridad que el objeto que estaba ante mí no era nada más ni nada menos que mi nuevo conocido, el Brevet-Brigadier General John A. B. C. Smith. Las manipulaciones de Pompey habían supuesto, justo es admitirlo, una gran diferencia en la apariencia personal de aquel hombre. No obstante, la voz me seguía desconcertando, pero incluso aquel misterio aparente fue inmediatamente desvelado.

—Pompey, negro sinvergüenza —chirrió el General—, realmente me da la impresión de que serías capaz de dejarme salir sin mi paladar.

Al oír esto, el negro, murmurando una excusa, se acercó a su dueño y le abrió la boca con el gesto experto de un jockey, ajustando con gran destreza en su interior una máquina de aspecto un tanto singular, cuya función yo no alcanzaba a comprender. No obstante, la alteración que produjo en la expresión de las facciones del General fue instantánea y sorprendente. Cuando volvió a hablar, su voz había recuperado toda aquella riqueza melódica y aquel poder que yo había relatado durante nuestro primer encuentro.

—¡El D... o se lleve a esos vagabundos! —dijo él, con un tono tan claro, que di un respingo de sorpresa—. ¡El D... o se lleve a esos vagabundos! No sólo no se conformaron con hundirme el cielo de la boca, sino que también se tomaron la molestia de cortarme por lo menos siete octavas partes de la lengua. No obstante, en toda América, no hay quien pueda igualar a Bonfanti en la fabricación de artículos de verdadera calidad de este género. Se lo puedo recomendar con toda confianza —aquí, el General hizo una reverencia—. Y asegurarle que lo hago con gran placer.

Agradecí su gentileza lo mejor que pude y le abandoné inmediatamente, comprendiendo perfectamente la verdadera situación, comprendiendo por completo el misterio que durante tanto tiempo me había tenido preocupado. Era evidente. Era un caso claro. El Brevet Brigadier General era un hombre... era *el hombre consumido.*

ÍNDICE